이어령 　李御寧

1933년 11월 13일(음력, 호적상 1934년 1월 15일) 충남 아산에서 태어났으며, 호는 능소(凌宵)이다. 서울대학교 문리과대학 및 동대학원을 졸업하고 단국대학교 대학원에서 박사학위를 취득했다. 문학평론가이자 대한민국예술원 회원으로, 이화여대 교수, 〈서울신문〉〈한국일보〉〈중앙일보〉〈조선일보〉〈경향신문〉 등 신문사 논설위원, 88올림픽 개폐회식 기획위원, 초대 문화부장관, 새천년준비위원장, 한중일 비교문화연구소 이사장 등을 역임했다. 2021년 한국문학 발전에 기여한 공로를 인정받아 문화예술 발전 유공자로 선정되어 금관문화훈장을 수훈했다.

대표 저서로 논문·평론『저항의 문학』『공간의 기호학』『한국인 이야기』『생명이 자본이다』『시 다시 읽기』, 에세이『디지로그』『젊음의 탄생』『지성에서 영성으로』외 수십 권, 일본어 저서『축소지향의 일본인』『하이쿠의 시학』, 소설『장군의 수염』『환각의 다리』와 시집『어느 무신론자의 기도』『헌팅턴비치에 가면 네가 있을까』『날게 하소서』를 펴냈으며, 희곡과 시나리오「기적을 파는 백화점」「세 번은 짧게 세 번은 길게」 등을 집필했다.

2022년 2월 26일 별세했다.

KB097576

일러스트 ⓒ Begoña García-Alén　디자인 ZINO DESIGN 이승욱

어머니를 위한
여섯 가지 은유

어머니를 위한
여섯 가지 은유

이어령 산문집

열림원

어머니는 내 환상의 도서관이었으며

내 최초의 시요 드라마였으며

내 끝나지 않는 길고 긴 이야기책이었다.

등단할 때는 몰라도 대개 글은 출판사의 권유로
쓰게 되는 경우가 많습니다.
빚쟁이처럼 편집자를 피해 다니지만 결국은
글 빚은 갚게 마련입니다.
이 책의 경우도 마찬가지입니다. 몇 번이고 뿌리치고
망설였지만 출판사의 권유를 이기지 못하고
지난날의 유행어대로 타의 반 자의 반으로
이 책을 내게 되었습니다.
나는 그동안 글을 통해 많은 사람들과 만났지만
내 개인의 신변 이야기를 털어놓는 일은
거의 없었다고 생각합니다.
출판이란 영어의 'Publication'이 의미하는 것처럼
사적인 것이 아닌 공적인 활동에 속하는 일이라고
생각했기 때문이지요.
하지만 늘 마음 한구석에는 사적 체험이면서도

보편적인 우주를 담고 있는 이야기들, 이를테면
'어머니를 위한 여섯 가지 은유'와 같은 이야기를
한 권의 책으로 엮었으면 하는 생각이 들기도 했지요.
『지성에서 영성으로』의 글을 출간한 다음
그런 욕망이 더 커졌지요.

왜냐하면 이미 그 책 속에서 나는 내 가족들에 대한
이야기를 공개했기 때문에 '어머니의 귤' 이야기처럼
일부만 소개되었던 글의 전문을 읽고 싶어 하는
독자들로부터 많은 문의를 받게 된 것이지요.

그래서 '이마를 짚는 손'이나 나의 여섯 살 때
'메멘토 모리'의 배경이 되는 내 고향 이야기를 담은
글들을 중심으로 책 한 권을 여러분 앞에 내놓게
된 것입니다.

이제는 감각조차 남아 있지 않은 옛날 상처와도 같은
묵은 글들을 새 접시에 담아낸다는 것은 솔직히

내키지 않는 일이었지만 『지성에서 영성으로』의
후속편을 쓰려면 또 몇 년이 걸릴지 몰라 아쉬운 대로
이 책으로 대신하고자 하는 내 작은 뜻이
이 책을 읽는 분들에게 전달되었으면 합니다.

2010년 11월
평창동에서 이어령

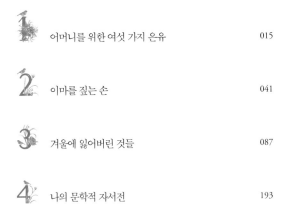

어머니를 위한 여섯 가지 은유

언제나 나에게 있어 진짜 책은 딱 한 권이다.

이 한 권의 책, 원형의 책, 영원히 다 읽지 못하는 책,

그것이 나의 어머니이다.

책

나의 서재에는 수천수만 권의 책이 꽂혀 있다.

그러나 언제나 나에게 있어 진짜 책은 딱 한 권이다.

이 한 권의 책, 원형의 책, 영원히 다 읽지 못하는 책.

그것이 나의 어머니이다.

그것은 비유로서의 책이 아니다.

실제로 활자가 찍히고 손에 들어 펴볼 수도 있고

읽고 나면 책꽂이에 꽂아둘 수도 있는 그런 책이다.

나는 글자를 알기 전에 먼저 책을 알았다.

어머니는 내가 잠들기 전 늘 머리맡에서 책을 읽고

계셨고 어느 책들은 소리 내어 읽어주시기도 했다.

특히 감기에 걸려 신열이 높아지는 그런 시간에

어머니는 소설책을 읽어주신다.

『암굴왕』, 『무쇠탈』, 『장발장』, 그리고 이제는 이름조차

알 수 없는 이야기들을 나는 아련한 한약 냄새 속에서

들었다. 겨울에는 지붕 위를 지나가는 밤바람 소리를

들으며 여름에는 장맛비 소리를 들으며
나는 어머니의 하얀 손과 하얀 책의 세계를 방문한다.

어머니와 책의 세계는 꼭 의사가 주사를 놓고
버리고 간 상자갑과 같은 것이었다.
주삿바늘은 늘 나를 두렵게 했지만 그 주사약의
앰풀을 담았던 상자 속의 반짝이는 은박지나
흰 종이솜은 늘 포근하고 아름다웠다.
39도의 높은 신열 속으로 용해해 들어가는
신비한 표음문자들을 나는 지금도 기억한다.
그리고 상상력의 깊은 동굴 속에서 울려오는
신비한 모음의 울림소리를 듣는다.

조금 자라서 글자를 익히고 스스로 책을 읽게 되고
몽당연필로 무엇인가 글을 쓰기 시작한 뒤에도

나에게는 언제나 어머니의 손에 들려 있던 책 한 권이
있다. 어머니의 목소리가 담긴 근원적인 그 책
한 권이 나를 따라다닌다.
그 환상의 책은 60년 동안에 수천수만의 책이 되었고
그 목소리는 나에게 수십 권의 글을 쓰게 했다.

빈약할망정 내가 매일 퍼내 쓸 수 있는 상상력의
우물을 가지고 있다면, 그리고 내가 자음과 모음을
갈라내 그 무게와 빛을 식별할 줄 아는 언어의 저울을
가지고 있다면 그것은 오로지 어머니 목소리로서의
책에서 비롯된 것이다.
어머니는 내 환상의 도서관이었으며
최초의 시요 드라마였으며 끝나지 않는
길고 긴 이야기책이었다.

나들이

어머니는 최초의 외출, 집을 떠나고 마을을 떠나고,
그리고 고향을 떠나는 법을 가르쳐주셨다.
그냥 떠나는 것이 아니라 돌아오는 것,
집으로 돌아오고 마을로 돌아오고,
그리고 고향으로 돌아오는 법도 함께 가르쳐주셨다.
그것이 한국말 가운데 가장 미묘하고 아름다운
나들이다. 나들이는 나가면서 동시에 들어오는
모순을 함께 싸버린 아름다운 한국말이다.

어머니는 나의 작은 손을 잡으신다.
그리고 보리밭 사잇길과 산모롱이, 마찻길, 신작로
이렇게 작은 길에서 점점 넓어지는 길로
나는 어머니를 따라서 나들이를 한다.
아버지가 서울에서 사 오신 작은 가죽구두를 신고
흙을 밟으면 이상한 소리가 난다.

그것은 새 가죽이 구겨지는 구두 소리가 아니라
눈부신 이공간異空間 속으로 들어가는
내 작은 심장의 고동 소리였는지도 모른다.

길가에 있는 뱀풀을 처음 본 것도, 땅개비가
뛰는 것도, 하늘에 높이 떠서 원을 그리는 솔개도
모두 어머니의 등 너머로 본 풍경들이다.
나들이를 하실 때의 어머니의 몸에서는
레몬 파파야나 박하분 냄새가 났다.
이 나들이의 절정은 십 리쯤 떨어진 외갓집을
찾아갈 때이다. 그곳으로 가려면 장승이 서 있는
서낭당 고개를 넘어야 한다
(여기가 바로 나의 에세이 『흙 속에 저 바람 속에』
마지막 장에 나오는 바로 그 서낭당 고개이다).
설화산 뒤편의 이 작은 분지에는 유난히 대추나무와

감나무가 많았고 그 나무가 우거진 곳에 외가가
있었다. 긴 돌담을 돌아 솟을대문과 십장생도가
그려진 어머니의 장롱 속 같은 안채로 들어가면
정말 믿기지 않도록 늙으신 외할머니가 살고 계셨다.
미숫가루라도 외가에서 먹는 것은 집의 것과는
다른 맛이 난다.

사랑채로 가는 일각대문 너머로는 인기척이 없는
남새밭이 있었다.
한구석 빈터에는 양 모양을 조각한 이상한 석물들이
모여 있었다. 벽장이나 벽지의 무늬도 다 달랐다.
어머니가 원주 원씨이고 외할머니는 덕수 이씨라는
것, 어머니의 어머니가 외할머니라는 것,
그리고 여자들의 성은 서로 다르다는 것을 알게 된
것도 이 나들이에서 배운 것들이다.

외갓집은 공간만이 아니라 그 시간도 달랐다.
벽시계는 모양도 시간마다 치는 종소리도 우리 집
시계와는 달랐다. 종소리는 깊은 우물물 속에서
들려오는 것 같은 소리를 냈고 문자판에는 알 수 없는
글자들과 십이간지의 동물들이 그려져 있었다.
어머니의 어머니가 살고 계시는 이 외갓집 시간은
기왓골의 이끼처럼 훨씬 오래된 시간이 있었다.
이곳에 오면 어머니도 나처럼 작은 신발을 신은
아이가 되는 것 같았다.

외갓집을 떠날 때가 되면 어머니와 할머니는
서로 우신다. 외할머니는 긴 돌담을 돌아 우리가
서낭당 고개를 넘어갈 때까지 서 계시고
뒤돌아다보기만 하면 빨리 가라고 손짓을 하신다.
늦은 날에는 집에 돌아가기도 전에 별들이 나오고

이 나들이로 나의 장딴지에는 조금 알이 배고
키는 한 치가 더 큰 것 같은 생각이 든다.

떠나는 것과 돌아오는 것, 만나는 것과 헤어지는 것.
번쩍이는 비늘을 세우고 먼 이국의 바다로 헤엄쳐
나갔다가 다시 모천母川으로 회귀하는 연어 떼처럼
어머니는 나에게 떠나는 법과 돌아오는 법을
가르쳐주신다.
이제는 돌담도 다 무너지고 감나무도 잘리고
아무도 아는 사람이 살지 않는 빈 마당뿐인
외갓집인데도 나는 지금도 가죽 소리가 나는
작은 구두를 신고 어머니를 따라
이따금 외갓집 나들이를 한다.

뒤주

바깥 하늘이 눈부시게 개일 때일수록 대청마루는
어둡다. 그 그늘진 곳에 계목나무의 묵직한 뒤주가
있고 그 위에는 모란꽃 무늬를 그린 청화백자
같은 것이 놓여 있다. 나보다 키가 커서 그 뒤주 속을
들여다보려면 까치발을 떼어야만 한다.
네 기둥과 두꺼운 나무판자로 짜여진 뒤주 모양은
어머니가 안방에 앉아 계신 것처럼 늘 마음을
든든하게 한다.

끼니때가 되면 이 뒤주에서 수복강녕이라고
손수 붓글씨로 쓰신 복바가지로 어머니는 하얀 쌀을
퍼내신다. 대가족이 먹어야 하는 그 양식은
옛날이야기에 나오는 화수분처럼 이 뒤주 속에서
어머니의 바가지 속으로 넘쳐 나온다. 많을 때에는
족히 서른 명이 넘는 식솔을 거느리시는 어머니는

이 뒤주처럼 묵직하고 당당하시다.

그러나 어머니는 밖에 나가실 때마다 끼니때가
아닌데도 꼭 뒤주 문을 여신다. 그러고는
엎드리셔서 손가락으로 글씨를 쓰신다.
왜 그러시는지를 몰라 하루는 어머니에게
여쭈어보았다. 어머니는 말씀하셨다.
"쌀 위에 글씨를 써놓으면 남들이 양식을 퍼내
갈 수가 없게 된단다.
글씨 자국이 지워질 테니 말이다.
양식이 아쉬운 사람이 있으면 그냥 도와주어야지
훔쳐가게 해서는 안 되는 거야.
양식이 아까워서가 아니란다.
뒤주를 자물쇠로 잠그면 남을 의심하는 것이라
그들이 상처를 받게 되고 그렇다고 그냥 놔두고

집을 비우면 나쁜 짓을 할 생각이 없었던 사람들도
나쁜 짓을 하게 되는 거지. 쌀을 퍼 간 사람보다
그런 틈을 준 사람이 더 죄를 짓는 거란다."
어머니는 늘 어렵게 사는 사람들과 불쌍한 사람을
돕고 후한 덕을 베풀어주시는 분으로 소문이 나신
분이다. 그러면서도 어머니는 뒤주처럼
대청 한복판에 떡 버티고 앉아 집 안을 지키신다.

어머니는 어두운 대청마루에 신전처럼 자리하고 있는
뒤주이시다.

금계랍

나는 아들로 막내였다. 늦게까지 어머니의 품에서
떠나려 하지 않았기 때문에 젖에 금계랍 金鷄蠟을
바르셨다고 한다. 금계랍은 하루거리에 먹는
키니네이다. 그 맛이 얼마나 쓴 것인지 나는 잘 안다.
우리가 성장한다는 것은 어머니의 몸으로부터 조금씩
떨어져나가는 의식儀式이기도 한 것이다.
그것이 나에게는 금계랍의 맛일 것이다.
태어나는 순간부터 우리는 그 아픔을 겪어야 한다.
모태로부터 태어나는 순간 어머니와 연결된
그 탯줄을 끊어주지 않으면 안 된다.

어머니의 가슴에서 떨어져야 하는 이유도
마찬가지다. 어머니는 자식을 위해서 금계랍의 맛을
맛보게 한다. 어머니의 사랑은 이런 고통을 자진해서
받아들인다는 데 있다. 두 살 터울인 원형과 나는

많이 싸웠었다. 어머니는 어느 날 우리가 몹시 싸우는
것을 보시고 끝내 회초리를 드셨다.
처음으로 호된 매를 맞게 된 것이다. 우리 형제는
묵묵히 그 자리에 서서 매를 맞고 있었다.
그러나 어머니는 때리다 마시고 이렇게 소리치셨다.
"이 바보들아, 너희들은 남의 애들처럼 그래
도망칠 줄도 모르니."
 이 말에 우리는 용기를 얻어 바깥으로 도망친다.
어머니는 우리를 매질하시면서도 마음이
아프셨던 것이다. 어서 도망치기를 속으로 원하셨던
것이다. 내가 금계랍의 쓴맛을 빨고 있을 때
어머니는 그보다 몇 배나 더 쓴맛을 맛보고
계셨던 것이다.

어떤 달콤한 과자보다도 금계랍 맛은 지금도

어머니의 추억으로 내 입안에 남아 있다.

쓴 약이 오래간다더니.

귤

수술을 받기 위해서 어머니는 서울로 가셨다.

이른바 태평양전쟁이 한창 고비였던 때라 마취제도

변변히 없는 가운데 수술을 받으셨다고 한다.

그런 경황에서도 어머니는 나에게 예쁜 필통과 귤을

보내주셨다. 필통은 입원하시기 전에 손수 골라서

사신 것이지만 귤은 어렵게 어렵게 구해서

병문안 온 손님들이 가져온 것이라고 했다.

어머니는 귀한 것이라고 머리맡에 놓고 보시다가

끝내 잡숫지 않으시고 나에게로 보내주신 것이다.

그 노란 귤과 거의 함께 어머니는 하얀 상자 속의

유골로 돌아오셨다.

물론 그 귤은 어머니도 나도 누구도 먹을 수 없는

열매였다. 그것은 먹는 열매가 아니었다.

그 둥근 과일은 사랑의 태양이었고

그리움의 달이었다.

그 향기로운 몇 알의 귤은 어머니와 함께 묻혔다.

서울로 떠나시는 마지막 날 어머니는 나보고
다리를 주물러달라고 하셨다.
열한 살이었으니까 이젠 어머니의 다리를 주무를
수 있을 만큼 그렇게 성장한 것이다.
정말 다리가 아프셔서 그러셨는지 혹은
어린것이라 늘 걸려 하셨는데 그만큼 자란 것을
확인하고 싶으셔서 그러셨는지 혹은 내 손을 가까이
느끼시며 마지막 작별을 하려고 하신 것인지
확실치 않지만 다리를 주물러달라고 하셨을 때의
어머니는 외로워 보이셨다.
왜 그랬던가, 어머니에게 나는 숙제를 해야 한다고
핑계를 부리고는 제대로 다리를 주물러드리지
않았다. 어머니는 내 얼굴을 물끄러미 쳐다보셨다.

나는 어머니의 신병이 무엇인지 잘 몰랐던 것이다.
그것이 정말 마지막인지 몰랐던 것이다.

나는 더러 산소에 갈 때 귤을 산다. 홍동백서의
그 색깔에는 지정되어 있지 않은 과일이지만
제상에다가 귤을 고인다. 그때마다 지천으로 흔하게
나돌아다니는 귤을 향해서 분노를 한다.
어머니가 소중하게 머리맡에 놓아두고 가신 그 귤은
그렇게 흔한 것, 지폐 몇 장으로 살 수 있는
그런 귤이 아니기 때문이다.
나 이제 어디에 가 그 귤을 구할 것이며 나 이제
어디에 가 어머니의 다리를 주물러드릴 수 있을까.

바다

나는 열한 살에 어머니를 잃을 때까지 바다를 본 적이
없다. 그 책이나 사진에서 본 바다 말고는
하얀 모래밭, 소금기가 있는 해풍, 해안의 바위와
파도, 그리고 무엇보다도 무한히 퍼진 푸른 수평선을
몸으로 체험해본 적이 없다. 그런데 분명히 내가
보기 전에 나에게는 하나의 바다가 있었다.
그것이 바로 어머니이시다.

한자의 바다 해*海*에는 어머니 모*母*자가
들어 있다. 그리고 바다를 가리키는 불란서 말의
메르MER는 어머니를 뜻하는 메르MERE와 똑같다.
그래서 불란서에는 어머니 속에 바다가 있고
중국에는 바닷속에 어머니가 있다는 말이 생겨나기도
했다.
바다는 넓고 깊다.

어머니의 무한한 사랑과 그 은혜는 바다 같다.
그리고 인류의 생명은 바다에서 탄생했다.
바다는 생명의 시원이며 최초의 인류를 잉태한
양수이다. 그러므로 누구에게 있어서나
생명의 발원이 된 모태는 태초의 바다인 셈이다.

그러나 그만한 이유로, 그리고 그러한 관념적인
풀이로 내가 바다를 보기 전에 이미 바다를 보았다고
말하는 것은 아니다. 내가 말하는 어머니와 바다의
그 동질성은 보다 감각적인 것이고 구체적인 것이다.
바다는 늘 나에게 있어 살아 있는 죽음으로 다가온다.
바다는 살아 있는 어떤 것보다 생명력에 가득 차
있다. 어떤 짐승이 저렇게 강렬하게 숨 쉴 수 있고
소리칠 수 있고 쉴 사이 없이 생동할 수 있겠는가.
어떤 풀 어떤 나무가 저렇게 늘 푸른빛으로 번지고

뻗쳐서 이 지상을 덮을 수 있을 것인가.

그러나 바다의 생명체는 가상현실일 뿐 실제로
살아 있는 것은 아니다.

바다의 표면은 끝없이 변화하지만 결코 살아 있는
꽃처럼 꺾을 수는 없다. 파도는 말보다 힘차게
뛰지만, 그리고 그 부력으로 우리를 그 잔등이에
태울 수도 있지만 그 푸른 말갈기를 손으로 잡을 수는
없다. 슬프게도 바다에는 육체가 없기 때문이다.
그래서 영원하면서도 공허한 그 바다는 육체가
아니라 영혼이라고 불러야 옳을 것이다. 살아 있는 것
같으면서도 죽어 있는 것, 꽉 차 있으면서 텅 비어
있는 것, 이것이 바다의 역설이다.

돌아가신 어머니, 그러나 늘 내 눈앞에서 생생하게
살아 움직이시는 어머니, 살아 있는 어떤 사람보다도

가깝게 계신 어머니, 기쁠 때 제일 먼저 달려가
자랑하는 어머니, 슬플 때 고통스러울 때 아직도
응석을 부릴 수 있는 어머니 ─ 그러나 언제나 발을
디디고 서 있는 이 딱딱한 흙의 저편에서만
존재하고 있는 어머니 ─ 이 '현존하는 거대한 부재'
그 바다가 바로 나에게 있어서의 어머니인 것이다.

나는 오늘도 이 갈증의 바다 앞에 서 있다.

이마를 짚는 손

아, 이마를 짚는 손. 장갑을 벗은 맨손.

그것은 타인의 손이면서도 이미 타인의 것이 아니다.

대체 머리맡에 앉아 이마를 짚고 있는 것은 누구인가.

이마를 짚는 손

만약 이 세상에 태어나서 지금껏 한 번도 감기에 걸려 본 적이 없는 사람이 있다면 우리는 과연 그를 부러워할 것인가?

그렇지 않을 것이다. 그는 행복한 사람이 아니라 도리어 가장 불행한 사람일지도 모른다. 이 세상에 태어나서 단 한 줄의 시를 읽지 않은 사람이 있다 하더라도 나는 그와 악수쯤은 할 것이다. 한 번도 사랑이란 것을 모르고 이 세상을 살아온 사람이라 할지라도 나는 그와 차 한잔쯤은 마실 수 있을 것 같다. 거짓말도 후회도 해 본 적이 없다는 사람, 시곗바늘처럼 세상을 살아가고 있는 그런 사람이, 신부 차림의 검은 옷을 입고 내 집 문을 두드린다면 최소한 대문의 그 빗장쯤은 벗겨줄 용의가 있다. 그러나 이 세상에 태어나서 감기 한 번 걸려본 일이 없는 사람과는 악수도 차 한잔도, 그리고 대문의 빗장을 열어주는 일까지도 사절하지 않을 수 없다.

이 옹졸한 편견을 비웃는 사람이 있다면, 나는 그를 하나의 방으로, 감기에 걸려 누워 있는 그 병실의 세계로 안내해주지 않으면 안 될 것이다. 우리는 거기에서 많은 소리를 들을 수 있을 것이다. 은폐되어 있던 소리들, 생활의 먼지와 육체의 두꺼운 비계 속에 감춰져 있던 소리들이 마치 의사가 청진기를 대었을 때처럼 우리들의 귓속으로 생생하게 들려올 것이다.

감기에 걸리면, 그리고 방 안에 홀로 누워 있으면 갑작스레 청각이 예민해진다. 거리를 지날 때, 직장에서 때 묻은 서류를 넘기고 있을 때, 많은 사람들과 악수를 하기도 하고 눈을 흘기기도 하고 의미 없는 손짓으로 무엇인가 말을 주고받을 때, 그런 때에는 결코 들을 수 없었던 소리들이 그 방 속으로 스며들어온다. 새들이, 참새들이 나뭇가지 위로 옮겨 다니는 그 부드러운 날갯짓 소리와 비밀처럼 내리고 있는 눈발 소리와 두꺼운 얼음장 밑을 흘러가는 강물 소리 같은 것을 들을 수가 있다. 창문 틈으로 새어 들어오는 그 바람들이 북국의 많은 도시들을, 눈 속에 파묻힌 삭막한 대지들을, 낯선 산 이름과 그 많은 강 이름들을 거쳐 온 길고 긴 여로의 이야기를 듣는다.

아니다. 그런 소리들이 아니다. 옛날에 아주 옛날에 잊어버렸던 음성들, 사라져버린 시간과 함께 다시는 돌아올 수 없는 옛사람들의 여러 가지 소멸한 음성들을 다시 듣는다. 슬픈 음성도, 분노의 음성도, 섭섭하고 부드럽고 안타깝고 야속하고 그렇게 우리들의 생활 속을 흘러갔던 그 음성들이 후회의 한숨처럼 다시 울려온다. 이미 죽은 자의 음성도 있고, 헤어져버린 사람, 의절의 편지와 함께 가버린 사람, 우연한 오해로 이제는 인사조차 하지 않고 낯선 사람처럼 스쳐 지나가는 친구들, 그리고 또 이미 아기 어머니가 되어버린 연인들의 목소리가 있다.

아니다. 그러한 소리들도 아니다. 감기 때문에 최초로 체험하였던 그 자유의 목소리를 듣는다. 38도의 하얀 수은주 속에서 우리는 인간의 자유가 얼마나 두렵고 불안한 것인가를, 그러면서도 또 그 얼마나 즐거운 것인가를 배웠다. 출석부의 내 이름에 하나의 사선이 그어질 것이다. 결석한 자리, 나의 의자와 나의 책상은 비어 있을 것이다. 감기는 이등변삼각형보다도 더 엄격한 교실 속의 질서에서, 시간표의 질서에서, 식장에서 입는 그 닳고 닳은 교장 선생님의 검은 모닝코트와 흰 장갑의 그 질서에서 나를 해방시켜준 자유의 목소리였다. 떨리는 부름 소리였다. 범죄자의 소리와도 같고 붉은 혓바닥을 가지고 이브를 꾀어낸 그 뱀의 소리와도 같은 결석의 꿈, 내가 앉아 있지 않은 교실 속의 빈 의자와도 같은 인생의 한 빈터로 감기는 우리의 손목을 끌고 간다. 누구나 어린 시절에 감기에 걸리면 결석을 하고, 그 결석의 체험을 통해서, 질서에서 벗어난 불안스러운 인생의 자유를 처음으로 체험하게 되기 때문이다.

이렇게 감기를 통해서 우리는 자유의 목소리와 최초의 인사를 나눈다. 감기의 신열은, 체온기의 숫자는 우리들에게 하나의 생의 흔들림을, 빈 의자의 공허를, 번호가 등록된 출석부의 사선, 고무 같은 것으로는 결코 지울 수 없는 그 사선의 의미를 가르쳐준다. 그러한 흔들림이 있기에 우리는 아직도 공장이나 서류나 통계표나 규격이 똑같은 아이비엠의 카드나 제복이나 절망적일 정도로 정확한 법조목의 문자들로부터 나자신을 도피시킬 수 있는 생의 부름 소리를, 그 유혹을 들을 수 있는 것이다.

그러나 아니다. 그 목소리가 아니다. 그 소리는 자신의 몸 깊숙이 숨겨져 있는 소리 없는 고요한 내부의 음성이다. 자유라고 이름 지을 수조차 없는 생명의 소리, 우리가 듣고 있는 것은 평소에는 예지할 수 없었던 심장의 파동 소리이며, 손목의 맥박 소리이며, 관자놀이가 뛰노는 신경의 소리이다. 그리고 기침 소리이다. 폐부를 울리는 기침 소리이다. 아무리 정교한 엑스레이 사진도 기침 소리만큼 그렇게 선명하게 우리들 자신의 폐부를 겉으로 그려내지는 못할 것이다. 기침 소리를 통해서, 두근거리는 자신의 맥박 소리를 통해서 우리는 붉은 피가 묻어 있는 자기 스스로의 폐부와 심장의 존재를 확인한다. 거울을 향해서 자기의 얼굴을 마주 보듯이 기침 소리를 통해서 나는 나의 생명과 대면한다. 겨울의 차가운 공기 속에서 기침 소리가, 핏방울과도 같은 기침 소리가 여기 하나의 생명이 있다고, 숨 쉬고 꿈틀거리고 저항하고 있다고 생명을 가로막는 온갖 장벽을 뚫고 외치는 소리가 들려온다.

소리가 아니다. 그것은 소리가 아니다. 그러한 모든 소리는 하나의 손이 되어 우리의 이마를 짚는다. 이마를 짚는 손, 우리는 그 손을 기억한다. 어렸을 때에도 어른이 된 후에도 모든 감각이 창문을 닫듯 유폐되어 버린 노인이 된 그날에도 우리는 이마를 짚는 손을 잊을 수는 없을 것이다.

만약 당신이 감기에 걸려 방 안에 누워 있었던 경험이 있다면 이마를 짚는 그 손, 의미도 이미 경험한 적이 있을 것이다. 그것은 어머니의 손일 수도 있고, 연인의 손일 수도 있고, 아내의 손일 수도 있고, 친구들이나 혹은 조그마한 자기 아들의 손일 수도 있다. 나는 나 자신의 신열을 느낄 수가 없다. 가장 분명한 병까지도 자기의 힘만으로는, 그 인식만으로는 잡아낼 수가 없는 것이다. 타인들의 손이 나의 이마를 짚어줄 때, 그 촉감을 통해서만, 선뜻한 타인의 체온을 통해서 자기 자신의 열을 비로소 확인한다. 아, 이마를 짚는 손. 장갑을 벗은 맨손. 그것은 타인의 손이면서도 이미 타인의 것이 아니다. 대체 머리맡에 앉아 이마를 짚고 있는 것은 누구인가.

이마에 와 닿는 그 손은, 어머니나 아내의 그 손은, 아니 그 건강한 손들은 나의 감기를 대신 앓아줄 수는 없는 멀고 먼 이방인과 다름없는 손들의 하나에 지나지 않는다. 그들의 몸에서는 차가운 바깥공기가 풍겨 나고 있었다. 조금 전까지만 하더라도 그들은 내 곁에 있지 않고 건강한 생활의 이야기들을 주고받던 사람들이다. 그러나 그 손이 이마에 닿을 때 거리에서 나는 나 스스로의 열을 느낀다. 어렴풋한 황혼의 빛 속에서 어둠과 밝음을 나눌 줄 알고 5월의 바람 속에서 사라져가는 봄과 다가오는 여름의 의미를 분간할 줄 아는 사람이라 하더라도 이마 짚는 그 손과 나 자신의 한계를 뚜렷하게 가를 수는 없을 것이다.

이 손들이 줄곧 우리를 따라다니고 있다. 환자들처럼, 감기에 걸린 환자들처럼 자신의 생을 살고 있는 사람들은 이마 짚는 손을 그리워한다. 타인의 손을 구하는 것이 아니라, 생존하는 자신의 열기를 인식하기 위해서 우리는 생의 머리맡에 남들이 조용히 착석해주기를 바란다. 그리고 그 싸늘한 손이 이마와 눈과 입술과 그 가슴속에 와 닿기를 기대한다. 그 손의 차가움은 곧 내 이마의 뜨거움이다. 내 입술의 뜨거움은 곧 설목雪木의 가지와도 같은 차가운 그 손가락들이다. 그 접촉의 자리에 너와 내가 착석하는 존재의 빈 터가 있다. 너의 건강과 나의 병, 너의 냉기와 나의 열기, 너의 바깥과 나의 방, 그 모순하는 반대어들이 하나의 동의어로 끌어안는 기적의 회랑이 있다. 감기는 이마를 짚는 손이다. 그 존재의 빈터이다. 그 환상의 회랑이다.

감기의 바이러스는 용서의 언어, 화해의 언어, 침잠의 언어, 후회의 언어, 자유의 언어이다. 아무리 아름다운 시의 언어도, 또 아무리 깊이 있는 사색(철학)의 언어도, 우리들의 혈관이나 뼛속으로 스며드는 감기의 바이러스처럼 온몸 속에서 꿈틀거리지는 않을 것이다. 감기의 그 미세한 세균들은 온 육체와 그 신경속에 침잠하여 잃어버린 나를, 사라져버린 시간들을, 헤어진 이웃들을 다시 불러들인다. 어떤 의학자도, 어떤 약품도 인간의 감기를 완전히 치료할 수는 없다. 인생이 우리에게 남아 있는 한 감기도 또한 우리의 곁에 있다. 때때로 우리는 이 감기의 함정에 빠질 것이다. 누구는 글을 쓰다가, 누구는 사랑을 하다가, 누구는 지폐장을 헤이다가, 누구는 정치를 하고 기계를 만지고 총기를 소제하다가, 이 감기의 함정에 빠질 것이다. 그리고 땀을 흘리고, 기침을 하고, 이마를 짚는 그 손들과 만나게 될 것이다. 거기에서 잊었던 생활의 벌판들을, 생존의 고향들을 다시 찾게 되리라. 낡은 앨범을 넘기며 사라져간 인간들의 얼굴을 기억해내듯이 기침 소리 속에서 잊었던 자신의 폐부와 심장의 존재를 확인할 것이다. 타인들과 내가 만나는 자리를 확인할 것이다. 결석한 빈자리의 공허한 여백을 확인할 것이다. 새들이, 잔가지 위로 옮겨 앉는 날갯짓 소리를, 많은 도시의 굴뚝을 스쳐 지나온 겨울의 바람 소리를, 몰래 내려앉는 눈 소리를…….

　'그것은 당신의 오해였습니다.'

'정말 이것으로 마지막인가요?'

'언젠가 또 만나게 되겠지요.'

'그렇게 성난 얼굴로 보지 마십시오.'

이러한 마지막 말들의 목소리를, 그 의미를 듣게 될 것이다. 근육 깊숙이 숨겨져 있던, 비계 속에 숨겨져 있던, 그 맥박의 울림 속에서 상실한 많은 소리들을 들을 수 있을 것이다. 감기란 병이 없었더라면 이 세상은 훨씬 더 황량해졌을 것이다. 감기의 바이러스는 존재의 고향에서 멀어지려는, 타인들의 손에서 떨어지려는 온갖 소리에서 도피하려는, 우리들 역사의 냉랭한 병을 치료하는 역설의 아스피린이다.

내가 또 감기에 걸리면 가장 부드러운 융으로 만든 내의를 입을 것이다. 캐시밀론 같은 이불이라도 좋으니 그런 가벼운 이불을 덮을 것이다. 머리맡에는 빨간 서너 알의 사과가 아니면 못 먹는 유자나 석류 같은 것을 놓아두리라. 그리고 이마를 짚는 손이 누구의 것이라 하더라도 탓하지는 않겠다. 아무리 밉고 덤덤하고 귀찮은 사람이라 해도 그 손이 열에 들뜬 내 이마를 짚는 선뜻한 촉감에 감사하리라. 눈을 감고 내 심장의 두근대는 소리를 들으며 내가 아직도 이 눈에 뒤덮인 벌판의 한 지역에 살아 있음을 나사로가 부활한 그 기쁨으로 맞이할 것이다. 해열제를 준비하듯이 내 이웃들과의 새로운 아침 인사를 준비해야 될 것이다.

그때, 아무리 선생님이 위엄 섞인 목소리로 내 이름을 부른다 해도 교실 속의 빈 의자, 내가 결석한 그 책상에서는 대답이 없을 것이다. 그러다가 지루한 겨울철이 지나고 감기의 기침 소리가 멈추는 새로운 계절이 되면 나는 다시 건강한 몸으로 외출을 해야 한다. 이번만은 좀 더 따뜻하게 좀 더 부드럽게 남과 악수를 할 것이고, 어느 케이크 집이나 다방에 들러 슈크림의 생과자가 아니면 따끈한 커피 한잔을 마셔야 할 것이다. 한약 냄새 같은 온돌방에서 빠져나와 페이브먼트를 걷겠다. 낯선 사람들 사이에 끼어 그 도시의 우울 속을 휘파람 같은 것으로 까불리며 걷겠다. 그리고 말할 것이다.

"만약 이 세상에 태어나서 지금껏 한 번도 감기에 걸려본 적이 없는 사람이 있다면 악수도, 차 한잔도, 대문의 빗장 같은 것까지도 열어주지 않으리라"고……

그리고 말할 것이다.

"당신의 손은 내 이마를 짚는 손. 당신의 손이 장독처럼 펄펄 끓는 괴로운 내 이마를 짚어줄 때 비로소 나는 당신의 눈 속에 비친 내 얼굴을 보았노라"고…….

오르페우스의 언어

사막에서 살아가려면 물을 밖에서 구하려 해서는 안 될 것이다. 낙타처럼 혹은 선인장처럼 자신의 몸속에 수분을 저장해두어야 한다. 자신의 갈증을 자신의 체액으로 적셔주는 외로운 그 작업에 익숙해야 한다. 그러기 때문에 사막에서 자라는 생물들은 타자로부터 아무것도 기대하지 않으며 아무런 보상도 받으려 하지 않는다. 이 단절이 오히려 그들의 내면을 풍요롭게 한다.

낙타는 무슨 꿈을 꾸는가? 열사의 모래밭을 지날 때 속눈썹이 긴 낙타는 결코 하늘을 쳐다보는 일이 없다. 낙타의 꿈은 그의 등 뒤에 달린 혹 속에 있다. 자신이 키워온 그 혹이 자신의 하늘인 것이다. 거기에서 구름이 흐르고 거기에서 비가 내린다.

모든 풀과 나무는 외계로 향한 창을 가지고 있다. 그것이 바로 이파리이다. 그러나 선인장의 경우에만 은 그 존재의 눈까풀이 자신의 내부로만 열린다. 다른

식물과는 정반대로 외부의 이파리는 가시로 굳어져 있고 그 내부는 솜처럼 부드럽다. 그 안에서 별이 뜨고 강이 흐른다.

현대 문명 속에서 글을 쓰며 살아가는 나 자신도 낙타의 혹과 선인장의 언어를 갖고 있지 않으면 안 된다. 모세의 바위처럼 기적의 지팡이로 두드리기 전에는 모든 수분을 암석 안에 간직해두어야 한다.

낙타와 선인장의 언어 없이는 빌딩과 아스팔트와 비닐의 모래밭을 건널 수 없을 것이다. 지금은 외계로부터 미와 진실과 사랑을 구할 수 있는 행복한 시대가 아니다. 내부에 수분을 간직하지 않은 채 만약 이 문명의 길로 그냥 뛰어나가면, 금시 나는 증발해버리고 말 것이다. 그러므로 나는 자신의 상상력 속에서 사막의 도시를 걷는다.

육체를 따뜻하게 하는 태양은 외계의 하늘에만 있

는 것은 아니다. 체내에서 흐르는 붉은 혈구 역시 우리의 육체를 비추는 작은 태양이다. 그것은 일출과 일몰의 끝없는 태양의 운행처럼 순환을 하고 있다. 우리의 피는 액체화된 태양이며 액체화된 일광이다. 그리고 그것은 동시에 강하다. 심장의 샘에서 솟아나 혈관의 강을 흐른다. 정맥 속에서 그 강물은 비가 내리고 다시 대지의 샘으로 돌아온다. 우리들 자신의 내부에도 이렇게 우주가 있다. 태양이 있고 강이 있고 비가 내리고 있다.

이 문명의 사회가 사막화할수록 우리는 자신 속에 있는 이 우주의 심연을 가꾸지 않으면 안 된다. 자기 내부에서 설계된 그 사막의 도시를 나는 신화의 도시라고 부른다. 사람들은 그것이 허황된 몽상이라고 비웃을지 모른다. 만질 수도 없으며, 컴퓨터로 계산될 수도 없으며, 정찰이 붙은 백화점의 상품처럼 먹고 자고 입는 구체적인 일상생활에 아무런 도움도 주지 못하는 것이라고 불평할지 모른다.

그러나 사막을 건너가는 우리에게 정말 경계해야 할 것은 항상 외부에 있는 그 신기루의 도시이다. 그 많은 빌딩과 시장의 상품들이 바로 그 신기루의 도시에 지나지 않으며 지금 사람들은 그것을 좇다가 사막의 열기 속에 모래알처럼 증발해가고 있다.

자신의 내부에 있는 신화의 도시는 신기루가 아니라 낙타의 혹이며 선인장 안에서 솟는 샘이다.

그런데 이 신화의 도시에서 내가 발견한 것은 세 가지의 언어이다.

첫째의 언어는 프로메테우스이다. 프로메테우스는 신과 인간을 갈라놓고 기술을 대립시킨다. 그는 모든 것을 떼어놓기 위해서 반항을 가르쳐준다. 프로메테우스는 모든 것을 양극화시키는 힘이다. 프로메테우스의 언어는 신과 인간을 갈라놓는, 그리고 자연의 질서와 기술의 질서를 갈라놓는 '불'의 언어, 반항의 언어이다.

둘째의 언어는 헤르메스이다. 헤르메스는 가장 빠르게 뛰어다닐 수 있는 구두를 신고 '나'의 이야기를 '너'에게, '너'의 이야기를 '나'에게 전해준다. 분열되어 있는 존재와 존재를 이어주는 전령傳令이다. 하늘의 소식을 땅에 전해주는 자이며 죽은 자에게 산 자의 이야기를 말해주는 것이다. 헤르메스의 언어는 대립되어 있는 세계의 담을 뛰어넘고 모순의 강을 건너뛰는 '다리'의 언어이다.

마지막 언어는 오르페우스이다. 이미 오르페우스가 부는 피리 소리에는 모순도 대립도 존재하지 않는다. 그것은 상충하는 것을 화합시켜 하나로 융합케 하는 결합의 언어이다. 오르페우스의 피리 속에서는 바위도 나무도 인간도 신도, 그리고 죽은 자와 산 자가 다같이 춤을 춘다.

신화의 도시 속에 있는 이 세 가지 언어야말로 지금까지 지니고 있던 내 모든 언어의 뿌리였다.

나 자신의 언어를 최초로 가꾸어온 것은 프로메테우스의 언어였다. 내 심연 속에 저장해둔 우물, 그리고 내 존재의 갈증을 채워준 최초의 언어들은 프로메테우스와 같은 불의 언어였다. 그 언어는 가차 없이 모든 것을 태우고 준엄하게 분리해서 대립해놓는 일이었다. 하늘과 땅을 가르는 극화의 작업이요, 저항의 투쟁이었다.

그러나 30대에 이르러서는 헤르메스의 언어를 발견했다. 서양을 동양에 동양을 서양에, 그리고 시를 산문에, 산문을 시에…… 분할의 땅을 넘나들었다. 너무 빠르게 뛰어다닌 헤르메스의 시대. 국민학교 시절

백 미터를 14초로 뛴 기록밖에는 없었고 한 번도 운동회에서 상장을 타본 적이 없는 나에게 헤르메스를 흉내 낸다는 것은 너무 숨 가쁜 일이었다.

　이제 내가 원하는 것은 세 번째의 언어 오르페우스의 피리이다. 대립에서 교통으로 교통에서 화합으로, 말하자면 프로메테우스로부터 헤르메스로, 헤르메스에서 다시 오르페우스로. 이러한 전신과 언어의 성장이 내가 사막을 건너는 낙타의 혹이 될 것이며 선인장의 샘이 될 것이다. 그러나 언어가 성장하기 위해서는, 또 현실의 키가 크기 위해서는 추락을 해야만 된다는 것도 알고 있다. 나뭇가지 위에서, 높은 다리에서, 그리고 지붕에서, 언제나 떨어지는 꿈을 꾸고 놀라서 눈을 떴을 때 어머니는 말씀하셨다. "얘야, 너무 놀랄 것 없다. 키가 크느라고 그런단다." 어렸을 때의 이 경험은 죽을 때까지 계속되어갈 것이다. 꿈속에서의 추락이 생시에서는 거꾸로 키가 크는 것이 된다는 것 —이 역설의 법칙은 믿어야 한다.

아무리 세속의 조건이 나를 행복하게 한다 하더라도 나는 꿈 문학 속에서 늘 추락하리라. 나의 지식으로부터 재력으로부터 명성이나 박수 소리로부터 자진해서 추락하는 꿈을 꾸어야만 내 신장은 멈추지 않고 커갈 수 있을 것이다. 사막의 신기루에 속지 않기 위해서.

나는 나의 문학을 낙타와 선인장으로부터 배운다. 이 타오르는 갈증을 적셔주는 내 내부에서 마련된 신화의 도시 속에서만 구할 수밖에 없기 때문이다.

우수憂愁의 이력서履歷書

여섯 살 때의 우수는 포대기 속에 있었다. 어머니가 누워 있었던 그 자리가 문득 비어 있는 것을 발견하였을 때, 구겨진 이부자리에서 우리는 우수가 어떠한 모습으로 앉아 있는가를 알 수 있었다. 금시 있다 사라진 사람들처럼 우수는 다만 가슴이나 손끝 위에 남아 있는 엷은 체온이었다.

여섯 살 때, 이 우수를 사냥하기 위해서 우리는 울었다. 목이 쉬도록 울고 또 울면 비었던 자리에 다시 어머니가 돌아오고 우수는 저만큼 영창 너머로 달아나고 있었다. 어머니가 돌아오지 않을 때에는, 과자가, 장난감이, 할머니의 옛날이야기 같은 것이 우수를 사냥해주었다. 생과자를 싼 번뜩이는 은銀종이가, 빨갛고 파랗고 하얀 풍선의 그 율동이, 혹은 어느 으슥한 산고개에서 예쁜 색시로 둔갑을 하는 꼬리가 아홉 개나 달린 여우가 우수의 그 깃털을 뽑고 있었다.

열 살 때의 우수는 숙제장의 하얀 공백 속에 있었다. 공책 위에 써야만 할 많은 숫자, 많은 문자들을 생각하고 있을 때, 우리는 우수가 어떤 목소리로 기침을 하는가를 알 수 있었다. 그래서 풀지 못한 숙제장의 빈터에서는 늘 가을의 벌판처럼 흰 서리가 내리고 있었고, 나무 이파리를 떨어뜨리는 빈 바람 소리가 울렸다. 우수는 그렇게 하얀빛을 하고 있었고, 아침 시간에, 종이 몇 번이나 울렸을 그런 시각에 나태한 사람의 기상起床처럼 고개를 들고 일어났다.

하지만 열한 살 때의 우수는 앵두나무 가지에 앉은 참새처럼 고무총으로 사냥할 수가 있었다. 우수에 쫓기는 계집애들은 줄넘기를 하고, 미친 듯이 줄넘기를 하고, 사내애들은, 자치기 같은 것을 했다. 작대기로 조그만 우수를, 가슴을 향해 날아오는 우수의 그 조그만 막대를 후려갈기고 또 후려갈긴다. 땀이 솟을 정도로 뛰어놀면, 아, 교정校庭의 철책鐵柵이나, 벌을 서는 긴 낭하의 어둠이나, 교무실의 딱딱한 마룻장 위의 차가운 불안이 흰 공처럼 한 옴큼의 구름이 되어 산 너머로 흘러가는 것을 볼 수 있었다.

열일곱 살 때의 우수는 하드롱빛 편지 봉투 속에 있었다. 붉은 지붕과 상춘등이 벽을 가린 어느 양옥집, 그리고 창가에는 초록빛 커튼이 쳐져 있었다는 이유로, 피아노 소리가 울려오고 있었다는 이유로, 그리고 그것들이 여름의 저녁 바람에 흔들리고 있었다는 이유로, 그 집에서 사는 여인들을 가까운 곳에서는 한 번도 볼 수 없었다는 이유로, 몸은 보이지 않고 숲속의 어둠 속에서 흐느끼는 울음소리만 울려오는 키츠의 나이팅게일 같다는 그 이유로, 열일곱 살 때의 우수는 하드롱빛 편지 봉투 속에 있었다. '사랑하는 사람아!'라고 이름도 모르는 사람들에게 긴 편지를 쓰고 있을 때, 소녀들은 눈부신 하얀 칼라를 목 위에 세우고 곁눈질도 하지 않은 채 하드롱 봉투 위를 스치고 지나갔다. 우수는 무관심한 소녀의 풀 먹인 스커트 자락처럼 줄이 서 있었다. 그것을 구기고 또 구겨도 우수는 다리미질을 하고 있었다.

열일곱 살 때의 우수는 수신인도 없고 답장도 없는 하드롱빛 편지 봉투 속에 있었지만 여드름을 짜면 그것을 사냥할 수도 있었다. 심심한 거울 앞에서 여드름을 짜던 오후. 그런 오후가 몇 번이나 우리들 곁을 스치고 되풀이되면 우수는 퍼런 자국만을 남기고 아물어갔다. 여드름을 짜다가 커피 맛과 담배 맛을 배우면 상춘등이 벽을 감고 올라간 빨간 지붕의 양옥집들이

집짓기 장난감처럼 허물어져가는 소리를 들을 수가 있다. 하얀 안대를 하고 있었다는 이유만으로 소녀에게 편지를 썼던 우수는 여드름의 흉터만큼이나 이젠 아프지 않다.

스물두 살의 우수는 책 속에 있었고 껌을 씹는 영화관의 좌석 번호 속에 있었다. 밝은 날에도 비가 내리는 낡은 필름처럼 그 우수는 돌아가고 있었다. 찢긴 책장의 활자들처럼 우수는 의미를 알 수 없는 불완전한 토막 난 문장으로 엮어져가고 있었다.

"배신자여, 나는 너의 가슴을 찌르기 위해 거칠은 사바나를 말 한 필로 건너왔다. 사흘 밤을 자지 않고 모래바람 속을 헤매었고, 그늘이 없는 태양 밑을 사흘 낮 동안이나 떠돌아다녔다. 너의 가슴을 찌르기 위해서."

멜로드라마의 화면에 번지는 집념과 사랑과, 그리고 그것이 비록 해피 엔딩이라 하더라도 우수는 스크린처럼 필름이 끊긴 하얀 스크린처럼, 스물두 살의 가슴 위에 펼쳐진다. 구둣솔 같은 수염이 달린 빅토르 위고가 애국을 말할 때, 랭보가 "때여, 오라. 도취의 때는 오라"고 외치고 있을 때, 헤겔이 미네르바의 부엉이를 말하고, 프로이트가 오이디푸스 콤플렉스를 말하고, 성서에서는 "죄지은 자는 모두 들으라"고 설교하고 있을 때, 우수는 고양이 같은 혓바닥으로 스물두 살의 뇌수를 핥고 있었다. 하지만 유리창을 깨듯이, 술에 취해서 찻잔을 내던지듯이 스물두 살의 우수는 저항의 폭력으로 사냥할 수가 있었을 것이다.

거부하고 거부한다. 세상이 끝날 때까지, 세 천사가 나팔을 불고 인류의 멸망과 구제를 고할 때까지, 거부하고 또 거부한다. 데모 대원들같이 주먹을 쥐고 금제의 유리들을 부수는 소리를 듣고 있으면 우수는 붕대를 감고 눈치를 살피며 머뭇거린다. 우수의 사냥꾼은

F학점을 받은 학생이 모멸 속에서 노트를 찢듯 그렇게 우수의 유리창을 부순다. 책장이 넘어가는 소리를 내며 우수는 그 표지를 닫는 것이다.

　그러나 스물여섯 살 때의 우수는 도장 속에 있었다. 서류에 찍힌 도장 속에 있었다. 출근부 위의 도장 속에 있었다. 신분증명서와 수표장과 승낙서의 네모나고 둥근 도장 속에 있었다. 인지의 소인이라든가, 인감도장에…… 아! 그 도장만큼의 크기로 우수는 손바닥 위에서도 찍히고 있었다.

　스물여섯 살 때의 우수는 울음으로도, 고무총 같은 것으로도, 그리고 여드름을 짜듯이 유리창을 부수는 데모를 하듯이 그런 짓으로 사냥할 수는 없다. 이미 그것은 자라서 흰 이빨과 튼튼한 발톱을 갖고 사람들의 심장을 찢는다. 어떻게 사냥을 하랴? 그러나, 그러나 스물일곱 살의 우수는 예식장의 하얀 주례 장갑 같은 것으로 사냥할 수도 있을 것이다. 신부의 손에 모조품이 아닌 5부 다이아 반지라도 끼워주면 잠시, 사슴처럼 유순해질 수도 있을 것이다.

　서른세 살 때의 우수는, 아내가 벗어놓은 때 묻은 버선이라든가, 루주가 반쯤 지워진 입술이라든가, 장식이 떨어진 콤팩트라든가, 쓰레기통에 버려진 어느 백화점의 포장지 쪼가리와 캐러멜갑과 담배꽁초와…… 사그라져가는 그 모든 것 속에 있었다. 그것은 빈 트렁크에 가득히 괴어 있는 우수이다. INVALID(무효)의 스탬프가 찍힌 못 쓰는 여권, 많은 이국異國의 도시 이름과 옛날의 일부인이 찍힌 여권의 그 갈피마다 묻어 있는 우수이다. 아들 녀석이 발톱을 깎고 있는 뒷모습에서 여학생 제복을 입고 있는 아내의 옛날 앨범 속에서, 그리고, 맨드라미나 백일홍 같은 시골 꽃들이 도시의 담 모퉁이에 심어져 있는 뜰 속에서, 서른세 살의 우수는 하품을 하고 있다.

날이 갈수록 억세어져가는 정맥을 들여다보듯 딱딱하게 굳어져가는 우수의 의미, 아침 아홉시와 저녁 다섯시에 생각하는 우수의 의미, 바둑판의 돌처럼 빈 줄을 따라 늘어서는 우수의 의미, 서른세 살 때의 그 우수는 노동으로 사냥을 한다. 바쁜 꿀벌들처럼 일하고 벌고 쓰고, 쓰고 벌고 일하고, 손가락에 잉크가 묻고 기름이 묻고 횟가루가 묻어서, 감각이 저려오는 그 순간에 우수는 힘줄같이 살 속에 묻혀버린다.

서른세 살 때는 울어서는 안 된다. 속으로 흐느낄지언정 통곡 같은 것을 해서는 안 된다. 다만 호주머니를 위해서, 낡은 지갑의 공백을 위해서, 벗어던진 아내의 서글픈 버선을 위해서, 발톱을 깎으며 성장해가는 자식들의 뒤통수, 그 뒤통수의 우수를 몰아내기 위해서 우리는 모두 도시락을 싸야 한다. 늙어버린 창녀의 치마폭에 몇 장의 지폐가 남듯, 우수의 정조를 화폐로 바꿔나간다.

생각하지 말아라. 당신이 지나온 먼 이국의 길들을, 단풍이 드는 티롤의 골짜구니나, 가스등이 켜지는 피아자 미켈란젤로의 언덕을 생각하지 말아라. 너무도 파아랗던 지중해변의 종려나무나 붉은 그 석죽화石竹化들을…… 기차汽車를 생각하지 말아라. 죽어도 그 기차가 내뿜는 우수의 수증기 소리를 생각하지 말아라. 낯선 시골 도시에서 일박이일一泊二日의 짧은 여행을 하는 그 유혹을 이겨내야 한다. 떠나지 말아라. 우수를 사냥하기 위해선 도시락을 싸라. 월급날을 기다려라.

마흔아홉 살의 우수는 콘돔에 괴어 있는 정액精液

속에 있다. 죽어가는 정액들의 축축한 회상들. 대체로 잠들기 전, 전등불의 스위치를 누르려고 할 때, 이불 속에서 손을 내밀고 풀스위치의 끈을 잡아당기려고 하는 그 순간에, 마흔아홉 살의 우수는 창밖에서 머뭇 거리던 어둠과 함께 밀려든다. 연하장을 보내야 하는 친구들의 이름도 이제 얼마 남지 않았다.

　'그렇게 하는 것이 아니었는데…….'

　'그렇게 하는 것이 아니었는데…….'

　마흔아홉 살의 우수는 늙은 개가 달을 향해서 짖듯 이 짖고 있다. 다 먹어서 비어버린 정력 강장제의 약 병 속에 아직도 남아 있는 것은 무엇인가? 다 써버린 저금통장의 잔고란에 아직도 남아 있는 것은 무엇인 가? 골프공이 날아가버린 푸른 잔디밭의 하늘에 아직 도 남아 있는 그 소리는 무엇인가? 그것은 무엇이었 을까? 그러나 분노하라. 빠져가는 머리카락을 한 옴큼 틀어쥐고 분노하라. 마흔아홉 살의 우수를 사냥하기 위해선, 마루 밑에 버려둔 스틱을 다시 잡아야 한다. 정부情婦가, 정부가 있어야 한다. 요사스러운 정부와, 뻔뻔스럽게 키득거리며 웃어라. 램프의 심지를 밤새도록 태우고 어둠이 창밖에서만 기웃거리도록, 마흔아홉 살의 우수를 분노하라, 뻔뻔스러우라.

그러나 모든 날의 우수는, 쉰 살의, 예순 살의, 일흔 살의…… 쇠약해져가는 시력 속에서 흐려져간다. 우리가 늙어질 때 야윈 언덕에 외그루 소나무처럼, 한 그루 노송처럼 우수의 가지만이 남아서, 그 그늘만이 남아서 바람에 흔들린다.

'내가 지금 무엇을 생각하고 있었던가?'

'내가 무엇이라고 말하려 했었던가?'

되풀이해서 묻고 되풀이해서 생각한다. 노인의 우

수는 어느 빌딩 입구의 유리창 안에 갇혀서 끝없이 앉아 있는 수위와도 같다. 아! 그것은 수위의 우수이다. 누가 대체 저 늙고 가난한 수위에게 저토록 번쩍이는 제복을 입혔는가? 옛날 장군들 같은 금테 두른 모자를 쓰고 금몰이 달린 소매와, 금단추를 단 수위…… 그러기에 더욱 슬퍼 보이는 그 우수를 당신은 알 것이다. 무수한 사람들이 드나드는 것을, 층계로 올라가고 내려오는 무수한 사람의 발자국을, 3평방미터의 밀실에 앉아서 지켜보고 또 지켜본다.

훌쩍거리며 무엇을 마시고 있을 때, '옛날에……'라고 말하려 할 때, 흘러내리는 바지를 올리고 허리띠를 매려고 할 때, 우리들 노인의 우수는 단 한 방울만의 눈물이 되어 주름살 위를 흐른다. 이빨이 빠지듯이 우수도 절로 빠져간다. 노인은 우수를 사냥하지 않는다. 다만 앉아서 지켜보고 있으면 우수는 머리카락이 빠지듯이, 썩은 이빨이 빠지듯이 그렇게 힘없이 빠져가고 있다. 더 이상 우수를 말하지는 않을 것이다. 하얀 수염은 더 이상 우수의 길이를 재지 않을 것이다. 발음이 확실치 않은 말을 입속에서 웅얼거리다가, 헐렁거리는 바지를 걷어 올리다가, 뜨거운 보리차를 홀짝거리고 마시다가, 우수는 까만 테를 두른 부고장만큼 졸아든다. 빌딩 입구에서 서성대던 수위의 우수도 이제는 보지 못하리라. 금테 두른 모자를 벗고 해군 제독의 윗도리 같은 제복을 벗고 그들은 영원히 외출하리라. 우수는 이제 타인들의 것이 되어버렸기 때문이다.

우리는 보았었지. 어느 봄날엔가 아이들이 빈 깡통을 들고 아지랑이를 잡으러 다니는 것을. 아지랑이는 노고지리처럼 운다고 아이들이 수상한 소리를 하며 언덕에 오르는 것을 우리는 보았었지. 어느 봄날에 아이들이 빈 깡통을 들고 오랑캐꽃들을 캐러 다니는 것을. 오랑캐꽃에서는 석유 냄새 같은 것이 난다고 아이들이 수상한 소리를 하며 들판으로 가는 것을.

우리는 보았었지. 어느 봄날에 아이들이 빈 깡통을 들고 뱀을 잡으러 다니는 것을. 뱀은 아무리 죽어도 흙내를 맡으면 다시 살아난다는 수상한 말을 하며 숲으로 가는 것을. 그러나 우리는 보았었지. 어느 봄날에 맨발 벗은 아이들이 푸른 냇둑에 누워 낮잠을 자는 것을. 빈 깡통에는 아지랑이도, 오랑캐꽃도, 징그러운 뱀도 없었지. 빈 깡통은 여전히 비어 있었고, 아이들의 낮잠만으로 채워져 있는 것을 우리는 보았었지. 그래서 게으른 하품을 하고 강물 위에서 잠시 머물다가, 아래로 아래로 흘러가는 봄을.

여름이 오고 있었다. 벌판으로 소나기가 급히 지나가고 있을 때 비를 피하는 어느 두 젊은이가, 나무 밑에 숨는 것을 우리는 보았었다. 흙냄새가 풍기는 여름의 저녁이나, 머큐롬같이 붉은 아침 햇살이 여름의 페이브먼트 위를 비질하고 있을 때, 어느 두 젊은이가, 심호흡을 하며 서로 포옹하는 것을. 바다가 젊은이들의 옷을 벗기고 알몸으로 뜨거운 모래밭을 뛰어다니게 하는 그 여름은 미쳐버릴 듯이 모든 것을 불태우고 있었다. 욕망이 땀을 흘리며, 짭짤한 소금기를 거두고 있는 여름에 젊은이들이 태양을 럭비공처럼 옆구리에 끼고 거리로 뛰어가는 것을. 먼지 묻은 개가죽나무들이, 은빛으로 그 잎을 진동시키고 있을 때, 우리는 이 세상은 좀 더 살 만한 값어치가 있다는 것을 알았었다. 그러나 여름은 그 짧은 밤 속에서 눈을 감고, 소나기가 지나간 그 나무 밑에도, 머큐롬 같은 아침놀이나 저녁놀이 비질을 하고 지나가는 페이브먼트나, 모래가 타고 있던 바닷가에나, 개가죽나무의 이파리가 은

빛으로 진동하고 있던 가로수 밑에나⋯⋯ 이미 젊은 이들은 아무 데도 없었다.

　가을에, 바람이 부는 가을에 우리는 보았었지. 어느 두 부부가 정원에 진 나뭇잎을 불태우는 것을. 연기가 흩어지고 있어서 '가을이 타는 냄새'가, 잠시 나무 삭정이 위에서 흐느끼는 소리를 들었었지. 그것은 비올라와 같은 소리였지.

　모든 나무는 장작같이 되어 뜰에 쌓이고, 사람들은 그것을 패어 추운 날을 견딜 생각을 했었지. 그 여자가 지나갈 때, 우리는 나프탈렌 냄새나 벤졸이 휘발하는 냄새 같은 것을 맡을 수 있었지. 날이 추워지니까 묵은 옷들을 꺼내 껴입기 시작한 거야. 그리고, 까칠한 것을 만질 수 있었지. 빈 밤껍질의 가시 같은 것을 손으로 만질 수가 있었지. 늦가을의 서리가 서너 번이나 내리고, 정다운 사람은 벌써 기침을 하며, 38도 5부의 가을을 앓고 있을 때, 까칠한 것들이 우리들 손끝에서, '가을이에요'라고 말하는 것을. 사람들은 집으로 돌아가고 있었어. 스크랩 속에 나뭇잎들을 끼워두고 사람들은 방으로 돌아가고 있었어. 거리는 문을 닫았다. 산도 벌판도 냇물도 문을 닫고 있었다. 문들이 닫히는 소리를 들으며 우리는 겨울의 숯불을 기다리고 있었지.

겨울에 마지막으로 겨울밤에 본 것은, 화롯불의 재를 뒤지며 불덩어리를 찾던 우리들의 늙은 아버지들이 무슨 소리를 듣고 얼굴을 드는 몸짓이었다.

"무슨 소리가 들리고 있어."

"아니에요. 바람 소리예요."

"무슨 소리가 들리고 있어."

"아니에요. 발자국 소리예요."

"무슨 소리가 들리고 있어."

"아니에요. 이웃집에서 울리는 초인종 소리예요."

겨울의 대화는 늘 이러하였다. 무슨 소리가 들려오고 있다고. 정말 그것은 지붕 위를 스쳐가는 바람 소리였을까? 정말 그것은 골목길로 신발을 끌며 지나가는 사람들의 발자국 소리였을까? 이웃집에서 누가 누르는 초인종 소리였을까? 겨울밤에 우리가 마지막으로 본 것은 식은 화로의 재를 헤집다가 무슨 소리를 들었노라고 놀란 얼굴을 하며 고개를 드는 늙은 우리들 아버지의 몸짓이었다. 우수의 이력서를 쓰자.

'우右와 여如히 상위무相違無함'이라고, 열 번이나 백 번이나, 백 번이나 천 번이나,

'우右와 여如히 상위무相違無함'

'우右와 여如히 상위무相違無함'이라고……

우리들 이력서를 쓰자.

겨울에 잃어버린 것들

연은 지상을 떠나려 한다.

초목들이 죽어버린 흑색의 땅을 떠나서 바람처럼

저 언덕을 넘어가려고 한다.

겨울에 잃어버린 것들 I

겨울에, 바람이 부는 냇둑에, 온 나목裸木들이 떨고 있는 언덕 위에, 우리들은 이따금 언 손을 비비며 떨고 서 있는 마을 아이들을 본다. 그들은 왜 거기에 서 있는가? 주전자에서 물이 끓어오르는 따스한 화롯가의 평화를 거부하고 왜 그들은 지금 이곳에서 떨고 있는가?

아니다. 우리는 그러한 이유를 묻지 않는다. 차가운 하늘에, 까치집만이 남아 있는 썰렁한 나뭇가지들 위에, 그리고 눈에 뒤덮혀 번득이는 저 산골짜기 위에, 아이들의 연이 날고 있는 것을 보고 있기 때문이다. 아무리 추운 겨울날에도 연이 떠 있는 겨울은 솜옷처럼 따뜻하다. 그 하늘은 가을 하늘보다도 더욱 높다. 그러나 웬일인가? 연들을 볼 때마다 나는 어떤 아픔 같은 것을 느낀다. 울음과도 비슷한 것을, 이미 어른들끼리는 서로 말할 수도, 이해할 수조차 없는 어린 아이들의 상처 같은 것을 생각하게 된다. 그것은 겨울 하늘을 바라다보면서 울고 서 있는 한 소년의 모습인 것이다. 소년은 아직도 빈 연자새를 두 손으로 꼭 움켜잡고 있지만 연줄은 끊어져서 땅 위에 늘어져 있다. 연은 이미 하늘에 있지 않다. 실이 끊긴 연은 멀리 아주 멀리 사라져버렸거나, 어느 나목의 가지가 아니면 고압선 철골 위에 감겨 있는 것이다.

나는 그런 소년들의 얼굴을 잘 알고 있다. 그가 지금 무엇을 바라보는지를, 무엇을 찾고, 무엇을 아쉬워하는지를 알고 있다. 지연紙鳶을 바람 속에 날려버린 소년은 그의 생애에서 최초로 겪은 하나의 좌절이다. 그의 손에서 사라진 것은 연이 아니라 하나의 꿈이었으며 비상飛翔의 그 의지였다.

그것이 어떻게 해서 겨울바람 속에서 끊어져버렸는지를, 그리고 또 어떻게 돌아오지 않고 소실되어버렸는지를 그는 안다. 끊어진 것은 연줄이 아니었다. 하늘의 구름과 땅의 흙들을 이어주고 있는 것들, 우주의 그 공간과 나를 이어주고 있는 것들, 지평선 너머의 참으로 먼 그 세계들과 바람 부는 이 언덕을 이어주고 있는 것들, 어머니와 나를, 제사 때 이야기로만 듣던, 그러나 기억조차 할 수 없는 먼 조상들의 체온과 나를 이어주고 있는 것들, 이웃 친구와 강아지, 토끼, 노루, 사슴, 참새, 눈 속에서도 파랗게 자라는 무슨 이상한 풀들, 강가의 조약돌, 가시 위에서도 피는 꽃들, 이러한 모든 것을 이어주고 있는 그러한 끈이다.

연을 쫓아가다가, 소름이 돋듯 까칠한 그 겨울 하늘로 날아가버린 연을 쫓아가다가 차가운 눈물을 흘리는 소년들을 우리는 본다. 우리들은 겨울을 보고 있는 것이다. 이 삶에 있어서 최초로 겨울의 의미를 깨닫게 된 그러한 날 우리는 어느 검은 나뭇가지엔가, 바람 소리를 내고 있는 어느 전주엔가 한 조각의 지연이 얽혀 있는 모습을 본다. 그 연들이 눈보라 속에서 찢기어가고, 자꾸 퇴색해가고, 앙상한 뼈만 남긴 채로 사그라져갈수록 봄은 한 발짝씩 그 바람 부는 언덕을 향해서 온다.

하지만 루쉰鲁迅처럼 우리는 끝내 그 소년들의 실의를 풀어줄 수는 없을 것이다. 루쉰은 연을 좋아하는 그의 동생이 싫었다고 했다. 그래서 어린 시절 언젠가 그 동생이 만든 연을 빼앗아 짓밟아버린 적이 있었다고 한다. 그리고 오랜 세월이 흐른 뒤 그때 그가 저지른 소행이 유년 시대의 정신에 대한 하나의 학살이었다는 사실을 알게 되었다. 아이들에게 있어 장난감은, 그리고 그 연은 하나의 천사와도 같은 것이라는 사실을 깨닫게 된 것은 20년이나 세월이 지난 뒤의 일이라고 했다.

루쉰도, 우리들 자신도, 유년 시대의 정신을 학살했던 그 많은 다른 범죄자들도 그것을 보상하는 방법을 모르고 있다. 그에게 다시 새 연을 만들어준다. 그리고 그 겨울의 높은 언덕으로 뛰어갈 것이다. 추위로 빨갛게 얼어붙은 고사리 같은 아우의 손에 연자새를 들려줄 것이다. 그리고 벌판을 건너가는 바람 소리를 들을 것이다. 같이 뛰고 같이 웃고 그 바람 속에서 외칠 것이다.

'우리들이 연을 띄우자고…….'

그러나 늦은 것이다. 벌써 20년이나 지난 것이다. 부서진 연을 보고 멍하니 쳐다보고 있던 그 아이들도, 그 연을 짓밟던 사람들도 이젠 다같이 턱에 수염터가 잡힌 어른이 된 것이다. 연을 띄우기엔 우리들은 너무나도 많은 나이를 먹었다. 그러한 방법으로 연을 상실한 아이들을, 그들의 아픈 마음들을 보상해줄 수는 없을 것이다. 그렇다. 다시 그들의 손에 새 연을 띄우도록 해줄 수는 없다. 다만 우리에겐 용서를 빈다는 또다른 방법이 남아 있다. 루쉰도 그때의 일을 사과하기 위해서 아우를 찾아간 적이 있었다고 증언하였다. 정말 우리는 묵은 기억들을 되찾아 위로해주어야만 할 것이다.

'그때의 일을 용서해달라'고.

하지만 지금 만나는 그 얼굴들은 모두 생활하는 괴로움 때문에 주름살이 잡혀 있고 이지러진 그 입술은 어렸을 때처럼 그렇게 웃지는 않을 것이다. 날아가버린 연처럼, 어느 나목엔가 어느 전주엔가 얽혀서 사그라져버린 그 연들처럼, 그리고 싸늘한 흙바닥에 짓밟혀서 찢기어버린 그 연처럼, 어렸을 때의 그 아픈 기억 역시 아주 그들의 곁을 떠나버린 것이다. 그들은 루쉰의 동생처럼 놀란 얼굴로 이렇게 말할 것이다.

"그래요? 그런 일이 있었던가요?"

기억이 없으니 그들은 용서해줄 수도 없다. 우리는 누구에게 사죄를 할 것인가? 사죄를 해도 그 말을 듣고 용서를 해줄 사람이 우리들 곁에는 없는 것이다. 그러나 지금도 그때 그 마을의 언덕에 오르면 겨울 하늘에 연들이 날고 있다. 어린아이들은 지금도 그 후회와 좌절의 연들을 오들오들 떨면서 날리고 있는 것이다. 연을 날리며 외치는 아이들의 목소리들이 얼어붙은 강줄기를 타고 잿빛 하늘로 사라지는 것을 우리는 들을 수 있을 것이다. 아! 그러다가 연실이 끊어지는 것을 볼 것이다. 그리고 바람 속에 표류하고 있는 연들을 뒤쫓는 발자국 소리를, 미끄러운 겨울 길로 비틀거리며 뛰어가는 아이들의 발자국 소리를 우리는 또다시 듣게 될 것이다. 겨울은 그렇게 사라져간다. 하나의 연이 날아오르듯이.

그렇게 우리의 겨울은 파랗게 얼어붙은 물굽이를 지나서 검고 하얀 벌판을 지나서, 움직이지 않는 잿빛 구름을 지나서, 기침을 하듯 시들어가는 겨울의 작은 태양을 향해서, 그 연들이 영영 자취를 감추어버린 허공 속으로 겨울의 우수는 꺼져가는 것이다. 그리고 이제 나는 알 것 같다. 루쉰의 후회를 알 것 같다. 유년 시절의 그 정신을 학살한 겨울바람의 풍속風速을 알 수 있을 것 같다. 어째서 아이들이 주전자 물이 끓어오르고 있는 따스한 화롯가를 떠나서 찬바람이 부는 그 언덕을 찾아가는지를 알 수 있을 것 같다.

　연은 지상을 떠나려 한다. 초목들이 죽어버린 흑색의 땅을 떠나서 바람처럼 저 언덕을 넘어가려고 한다. 그러나 연자새의 실들은 그를 도망가지 못하도록 고드름이 깔린 차가운 이 땅 위에서 사라지지 않도록 그것을 잡아매두려 한다. 나는 이제 말할 수 있을 것 같다. 하늘로 향해 솟아오르는 마음과 거꾸로 땅에 집념하고 지층 속 깊이 파고드는 마음, 그 두 마음 사이에 팽팽한 생명의 한 줄이 쳐지는 그 연의 의미를. 그러나 끝내는 그것이 끊기고 차가운 허공만이 남는 그 이유를. 맨발로 서서 절망에 찬 눈으로 허공을 응시하는 우리들 소년의 마음을.

나는 지금 그 모든 것을 말할 수 있을 것 같다. 위로하지 못하리라. 누구도 겨울에, 그 추운 겨울에 연을 잃어버린 어린 마음의 좌절을 위로하지는 못하리라. 가지 위에 얽힌 그 연들을 누구도 풀어주지는 못하리라. 끊어진 그 실들을 누구도 다시 잇지는 못하리라. 때때로 볼 것이다. 겨울이면 언덕 위에서 연들을 날리고 있는 아이들의 모습을 볼 것이다. 거기서 우리들의 잊어버린 겨울을, 고통과 좌절의 미끄러운 겨울 언덕의 의미를 볼 것이다. 나목에 걸린 아이들의 연이 앙상한 댓가지만 남게 될 때, 얼었던 강이 풀리고 푸른 새싹이 움트는 찬란한 봄이 다시 돌아오리라. 그러나 옛날처럼 봄은 따스하고 그렇게 즐겁지만은 않다는 것을, 연을 상실한 소년들은 알게 되리라. 다시는 옛날처럼 봄의 감동은 돌아오지 않을 것이다. 손바닥만 한 꽃들이 피고 아지랑이가 북새를 떠는 봄의 벌판을, 옛날처럼 소년들은 놀라운 눈으로 바라보지는 않을 것이다.

겨울에 잃어버린 것들 II

나는 한 남자를 알고 있다. 그러나 굳이 그의 이름을 밝히지는 않겠다. 그런 남자에게 하나의 고유명사를 붙인다는 것은 아무런 의미도 없어 보인다. 조그만 한 토막의 삽화, 우리가 그에 대해서 알고 싶은 것은 바로 그러한 한 토막의 삽화다. 그 남자는 언제 보아도 가난하다. 그런데도 그가 언제나 부자인 것처럼 느껴지는 이유를 나는 잘 알 수가 없다.

그의 일생은 아주 어린 시절, 변변히 자기 이름도 쓸 수 없었던 그러한 어린 시절, 어느 겨울날 아침에 선고를 받았다. 그는 겨울에 그의 아버지로부터 값비싼 털모자를 선물로 받았다. 그 모자가 에스키모인들이 쓰는 것 같은 수달피 가죽의 털모자였는지 그렇지 않으면 하얀 방울술이 달린 스키 모자였는지, 또 그렇지 않으면 셀룰로이드의 안경이 달린 파일럿 모자였는지 확실치 않다. 분명한 것은 시골에서는 아주 보기

드문 모자. 서울 백화점에서 산 값비싼 겨울 털모자라
는 사실이다. 그리고 그가 어느 겨울날 아침 이 모자
를 자랑하려고 바깥에 나갔다가 일생을 지배하는 그
사건을 저지르고 말았다는 사실이다.

얼음이 깔린 마을의 공터에 아이들은 모여서 팽이
를 치고 있었다. 시골에서 자란 사람이라면 그들의 팽
이가 어떻게 생겼으며 또 어떻게 만들어졌는가를 잘
알고 있을 것이다. 시골 아이들은 장난감 가게에서 팽
이를 사지 않는다. 돈이 없다는 이유도 있지마는 그
들은 팽이를 만드는 법을 잘 알고 있는 까닭이다. 산
에서 팔뚝만 한 나뭇가지를 잘라다가 배추 밑동을 깎
듯이 낫으로 깎아 원추형을 만든다. 그리고 뾰족한 부
분에 부서진 자전거에서 빼낸 쇠구슬(베어링)을 박는
다. 그것을 구할 수 없으면 못을 박기도 한다. 이렇게
해서 만든 팽이에 손때가 묻고 길이 들면 무슨 신경

을 가진 곤충처럼 그것들은 부드러운 날갯소리를 내며 돌아가는 것이다. 똑같이 기계로 깎은 팽이가 아니기 때문에 그 모양도 가지각색이고 그 성능도 또한 제각기 다르다. 아이들은 이 팽이들을 가지고 경주를 한다. 그래서 가장 오래 돌고 가장 힘이 세고 또 가장 윤이 잘 나는 팽이를 가진 아이는 마을 아이들의 영웅이 되는 것이다.

털모자를 쓴 아이는 지주의 아들이었다. 으레 팽이는 장난감 가게에서 사 오기 마련이었다. 그 애는 다른 마을 아이들처럼 나무를 어떻게 찍어야 하고, 그리고 낫질을 어떻게 해야 하는지를 모른다. 다른 아이들처럼 그는 나무팽이를 만들지 못한다.

나는 그 남자의 비극을 알고 있다. 그 겨울날 아침에 일어난 사건을, 그 운명과도 같은 그 사건을 나는 알고 있다. 털모자를 쓴 아이는 그 마을에서 제일 잘

도는 팽이를 갖고 싶었고, 가난한 농가의 아이들은 포근하고 멋진 그 털모자를 부러워했다. 겨울이었던 것이다. 나무도 창문도 강물도 모든 것이 얼어붙어 꼼짝도 않는 겨울이었던 것이다. 그런 날 아침에 요술사의 채찍 같은 팽이채가 침묵의 얼어붙은 허공을 자르고 울리면 팽이가 돌아가는 것이다. 얼음판 위에서 무슨 신경을 가진 곤충처럼 팽이가, 그리고 모든 것이 돌아가고 있는 것이다. 털모자를 쓴 아이는 황홀한 눈으로 그것을 바라보고 있었다.

　이러한 경우 사건이 어떻게 전개되었으리라고 짐작하기는 어렵지 않다. 그는 그 팽이와 값비싼 모자를 바꾼 것이다. 모자의 털이 수달피와 같은 값비싼 가죽이었다 하더라도, 세상에서 가장 부드러운 털이라 하더라도 돌아가는 그 팽이만큼 겨울의 추위를 잊게 할 수는 없었다. 그는 조금도 팽이보다는 털모자가 더 귀중한 것이라고는 생각지 않는다. 그것이 더 값비싸다거나 그런 모자를 살 만한 돈이면 시골 아이들이 깎아서 만든 그따위 팽이쯤은 수백 개를 사고도 남을 수 있다는 것을 그는 생각하지 않았다. 다만 겨울 아침 햇살에 번쩍이는 빙판 위를 돌아가는 팽이만이 그에게는 즐겁고 소중하고 자랑스러웠던 것이다. 움직이는 것, 겨울의 그 침묵에서 움직이는 것을…… 그 사건이 그의 아버지를 실망시킨 것이다.

　그는 많은 땅을 상속받아야 할 맏아들이었다. 조상 대대로 물려받은 그 재산을 지키고 늘려야 할 장손이었던 것이다. 그러한 아이가 실없이 값비싼 털모자와 팽이를 바꾸고 집으로 돌아왔을 때 그의 아버지와 집안 식구들은 너무도 낙심했을 것이 분명하다. 그를 바보라고 생각했던 것도 그들의 잘못은 아니었다. 그날 그는 심한 매를 맞았고 아궁이의 장작불 속에서 그의 팽이채와 박달나무 팽이는 재가 되었다. 눈물 자국처럼 재가 되었다. 그 뒤에도 놀림을 당하고 그러다가 끝내는 육친들로부터 따돌림을 받는 생이 그 겨울날 아침부터 시작되었다. 하찮은 일, 작은 사건이 우연한 그 겨울 아침에 그의 전 생애의 운명을 선고해버린 것이다.

털모자와 팽이를 바꾸었듯이 그는 일생을 그렇게 살 수밖에 없었다. 그는 기름진 많은 땅을 휴지나 다름없는 원고지와 바꾸었다. 땅을 탕진한 지주의 아들은 시인이 되려고 했던 것이다. 그리고 그는 많은 집과 많은 가구들을 한번 울렸다 영원히 사라지는 하나의 소리와 바꾸어버렸다. 그는 음악가가 되려고 했던 것이다. 그는 화수분 단지처럼 하얀 쌀이 쏟아지는 정미소를 팔아서 허공 속에서 외치고, 발을 구르고, 웃고, 눈물을 흘리는 몇 시간의 열정을 사려고 했다. 그는 연극배우가 되어 무대 위에서 살려고 했던 것이다.

털모자와 팽이를 바꾸던 어느 겨울날 아침의 햇살은 평생을 두고 그의 뒤를 따라다닌다.

털모자는 탐욕하고 기름기 많으며 목이 굵고 광대뼈가 나온 그 많은 사람들의 때 묻은 손으로 넘어갔다. 그 대신 그의 손에는 하찮은 나뭇조각일망정 무슨 신경을 가진 곤충처럼 끝없이 하나의 팽이가 돌아가고 있다. 그는 시인도, 음악가도, 연극배우도 되지는 못하였다. 한 줄의 아름다운 시, 흐느끼는 한 가락의 선율, 폭발하고 타오르고 맞부딪치는 한 장면의 드라마. 끝내 그러한 팽이들은 얼어붙은 겨울의 땅, 그 미끄러운 생의 땅 위에서 돌지는 못하였다. 박달나무 팽이는 하나의 불꽃으로, 연기로, 그리고 재가 되어버렸다.

그는 털모자를 잃은 것뿐이었다. 에스키모인들이 쓰는 수달피 가죽 같은 털모자였는지, 하얀 방울술이 달린 스키 모자였는지, 혹은 셀룰로이드 안경이 달린 파일럿 모자였는지 그 남자도 우리도 지금은 그것을 기억할 수가 없다. 다만 값비싼 모자를 팽이 때문에 그는 잃은 것이다. 한 생애를 잃은 것이다. 그의 혈족을, 재산을, 집을, 땅을 잃었다. 그러나 나는 그 남자가 언제나 가난하면서도 또 무엇인가를 들고, 털모자 같은 것을 들고 팽이와 바꾸려고 두리번거리면서 도시의 겨울 골목들을 지나는 것을 본다. 술집의 창문들에 하나씩 불이 꺼져가고 있는 겨울밤의 골목길을 그는 서성대면서 불타버린 잿더미를 들치고 하나의 팽이채와 박달나무 팽이를 끄집어내려고 한다. 그러다가 언젠가 빛나는 겨울 아침에 그는 채찍을 다시 한번 내리칠 것이고 팽이는 곤충의 날갯짓처럼 이상한 소리를 내며 돌아갈 것이다. 그리고 겨울이, 그 추운 겨울이 끝없이 그의 발밑에서 돌아가고 있는 것을 우리는 볼 것이다.

고향은 어디에 있는가

고향은 말하는 것이 아니다

고향은 늘 나를 거짓말쟁이로 만든다. 기억 속의 강물은 도랑물이 되어 흐르고 성곽같이 높던 담들은 나의 허리 밑으로 지나간다. 그 꼭대기에 오르면 서울이 보인다는 망경산望京山도, 그리고 호랑이가 칡덩굴 속에서 낮잠을 잔다는 설화산雪華山도 정확하게 군지郡誌에는 해발 4백 미터를 넘지 않는 한낱 조그만 야산으로 기록되어 있다.

그러니까 고향은 남에게 말하는 것이 아니다. 이력서를 쓸 때가 아니면 그 이름을 함부로 적는 것도 아니다. 말하지 말아야 한다. 이무기가 살았었다는 웅덩이 이야기 같은 것은 말하지 말아야 한다. 그 늪이 메워져 논밭으로 변했대서가 아니다. 사람이 한번 빠지

．

면 다시는 떠오를 수 없다던 그 웅덩이는 처음부터 자로 잴 수 있는 그런 깊이의 물이 아니었다.

　사람들은 으레 지용의 시처럼 고향에 돌아와서는 그리던 고향이 아니라고들 한다. 그러나 정말은 고향이 변한 것이 아니라 자신이 변한 것이다. 물론 우리들의 고향도 때때로 바뀐다. 많은 도시들처럼 황토 흙이 콘크리트로 굳어버리고 나무들이 플라스틱이나 비닐 조각으로 변신한다.

　그러나 내가 변하는 것만큼 그렇게 빨리, 그리고 그렇게 많이 변하지는 않는다. 정말 그렇다. 아주 사라져버린 것, 완전히 변해버린 것들은 그 뒤에 영원히 지울 수 없는 고향의 흔적을 지니고 있다. 우리를 당황하게 하고 실망의 한숨을 내쉬게 하는 것은 오히려 변하지 않은 채 옛 모습 그대로 남아 있는 고향의 얼굴들이다.

천 년 묵은, 천당이 고개의 정자나무는 어떠한가. 지금도 그 자리에 그대로 버티고 서 있지만 오히려 베어져 없어진 나무들보다도 그 키가 작고 초라하지 않던가. 학교에서 돌아올 때마다 말 잔등이처럼 타고 놀았던 조선 소나무의 등걸은 누가 뭐라고 하든 지금도 여전히 살아 있는 용의 비늘처럼 번쩍이고 꿈틀거린다. 그것은 두 번 다시 볼 수 없는 부재不在의 나무가 되었기 때문이다.

　이렇게 고향은 고집스러운 기억의 공간에서만 뿌리박고 자라는 이상스러운 나무이다. 내가 지금까지 누구에게도 나의 고향 이야기를 들려주지도 쓰지도 않았던 것은 이 고집스럽고 황당무계한 기억들을 공인받을 수 없다는 것을 알았기 때문이다. 그렇지 않으면 고향은 늘 나를 거짓말쟁이로 만들고 실없는 사람이 되게 한다.

가위바위보를 하면 언제나 나는 나의 고향에 진다. 국민학교 교모를 쓴 어린이로 돌아가 사진첩의 얼굴처럼 노랗게 변색해야만 고향은 나에게로 다가와 비로소 다정한 악수를 한다. 그리고 나의 공모자가 되어 남들이 알아듣지 못하는 수상한 비밀 이야기들을 몰래 귀엣말로 속삭인다.

그러고 보면 읍이 시로 승격되고 이가 동으로 바뀌어져서 나의 고향 전체가 이 세상 어느 지도에서도 찾아볼 수 없게 된 것은 아주 다행스러운 일이다. 이제 충청남도 아산군 온양읍 좌부리는 완전히 내 어린 시절의 사투리 속에서만 존재하는 마을이 된 까닭이다.

집과 우물물, 그리고 온천.

바슐라르의 말마따나 우리는 세상에 그냥 내던져진 존재가 아니다. 왜냐하면 누구나 허허벌판이 아니라 집이라는 공간 속에서 태어났기 때문이다. 집은 적의에 찬 세계로부터 나를 지탱해주고 지켜준다. 집은 육체이며 영혼이라는 말도 거짓이 아니다. 그러므로 자기가 최초로 태어나 자라난 그 생가야말로 고향의 씨눈이라고 말할 수 있다.

모든 사람이 다 그러했던 것처럼 나에게 있어서도 바깥과 구별되는 내면의 공간을 최초로 가르쳐주고 또 길러준 것은 바로 내가 태어난 좌부리의 그 고가古家였다. 그러나 이상스럽게도 추억 속에서 느껴지는 고향집은 내가 실제로 잠자고 공부하던 안방이나 아버지의 기침 소리와 이따금 손님들의 웃음소리가 들려오던 바깥사랑채 같은 곳이 아니었다. 마당도 대문도 아니다.

이상스럽게도 그것은 표층적表層的인 생활공간이

아니라, 집 안에서 숨바꼭질을 할 때 찾아다니던 그늘 지고 깊고 조금은 먼지 속에 덮인 그런 으슥한 공간들이다. 컴컴한 다락방이나 커다란 자물쇠가 잠긴 광, 서울에서 손님들이 내려오지 않으면 언제 보아도 분합문이 내려져 있는 누마루 같은 곳이다. 마당으로 치면 대문이 열려 있는 앞마당이 아니라 대추나무와 장독대와, 그리고 굴뚝이 있는 뒤꼍인 것이다. 정말 그 뒤꼍에는 어쩌다 허드렛물이나 김장 같은 것을 할 때가 아니면 버려둔 채 쓰지 않는 우물이 하나 있었다.

어른들은 아이들이 빠질까보아 그랬는지 그 우물가 근처에 가기만 해도 야단을 치곤 했다. 그래서인가 나는 어른들만 없으면 우물터에 가서 곧잘 그 속을 들여다보곤 했다. 깊이가 얼마나 되었을까. 두레박이 없었으므로 그 깊이를 잴 수도 없었지만 상상 속의 우물물은 이 지구의 맨 밑바닥과 닿아 있었다. 그 깊숙한 바닥을 향해 소리를 치면 그 어둠 속에서는 이상한 메아리가 울려왔다. 내가 지른 소리인데 그것은 전연 내 목소리가 아닌 것처럼 들렸다.

또 돌을 던져보면 한참 만에 물이 갈라지는 둔중한 음향이 들려오고 물방울이 뛰는 소리들이 작은 파도 소리를 냈다. 깊고 깊은 땅속의 심연. 집의 내부 공간은 바로 이 우물물과 같은 것이었다. 그리고 그 심연 속에서 울려 번져가는 그 공명共鳴의 진동체가 고향이라는 공간을 만들어낸다. 나는 지금 무엇인가 비유적으로 말하고 있는 것이 아니다. 정말로 그 뒤꼍의 우물물이 좀 더 깊어지고 증폭되면 바로 그 뜨거운 온양온천이 되는 것이다.

그렇다. 온천물은 단순히 뜨겁다는 물리적인 특성만을 지니고 있는 것이 아니다. 그 뜨거움이 깊이를 지닐 때만이 비로소 그것은 온천물이 된다.

지하에서 솟구쳐 올라오는 불꽃과 그 어두운 심연을 향해 하강해가는 모순 속에서 마침내 내면의 심도라는 것을 만들어내고 우리들 고향 사람들을 그 이상한 우물물의 밑바닥 세계로 인도한다. 마치 두레박을 타고 내려가면 이상한 도둑 떼가 살고 있는 세계에 당도한다는 옛날 전설의 한 대목처럼……

호랑이 만나는 천당이 고개

좌부리에서 온천장으로 가려면 천당이 고개라는 곳을 넘어 십 리는 걸어야 한다. 천당이 고개는 밤늦게 술주정꾼이 넘어오다가 모래를 끼얹는 호랑이를 만났다는 곳이지만 몽상 속의 온천행은 올라가는 것이 아니라 끝없이 땅속으로 심연으로, 바닥으로 하강해가는 것이다. 그래서 탕정관湯井館의 그 김이 무럭무럭 나는 공동탕 속의 사람들은 모두들 이 세상에서 가장 깊숙한 땅속 뿌리로 내려온 사람들처럼 보였다.

　나에게 있어 온양온천이 이렇게 지축과 가장 가까운 땅으로 느껴진 것은 결코 온천물에서 오는 그 몽상 때문만은 아니었다. 관광지를 고향으로 둔 사람들은 모두 그런 느낌을 갖고 있겠지만 특히 온천장이란 곳은 고향 사람들과는 아주 다른 사람들이 모여드는 곳이다. 더구나 고향 사람들은 외지에서 온 그 손님들을 으레 도시에서 내려온 사람들이라고 불렀다. 이 내려온다는 말 때문에, 그리고 말만이 아니라 그들의 차림새나 말씨가 우리와는 달라 보였기 때문에 온천의 거리에서 본 사람들은 어딘가 높은 땅에서 추락해 온 것처럼 느껴지곤 했다.

　좌부리의 아이들이 이따금 온천장에 나가는 것은 목욕을 하기 위해서라기보다는 목욕을 하려고 온 사람들을 구경하기 위해서인 것이다. 신혼여행을 온 신부들은 분명히 나무꾼 앞에 나타난 하늘나라의 선녀들이었고 짙은 화장을 한 기생들은 우리 고향의 누님들과는 다른 구미호 이야기의 여인들처럼 보였다. 내가 외국인―금테 안경과 단장을 들고 다니는 일본 사람들(개중에는 우리 동포들도 없지 않았지만 시골 아이들은 양복에 신식 티를 내고 다니는 사람들을 보면 누구나 다 왜놈이라고 불렀다), 다꾸시(택시)를 타고 내려왔다는 서양 사람―을 최초로 본 것도 모두 이 온천 거리에서였다.

반대로 또 온천장에는 우리 주변에서 잘 볼 수 없는 병자와 불구자들이 모여들기도 한다. 더구나 육군병원이 있어서 팔다리를 잃은 일본 군인들이 하얀 간호복을 입은 여인들의 손을 잡고 온천장 마당에까지 나오는 일을 곧잘 목격할 수가 있었다. 육체의 쾌락과 아픔이 동시에 넘쳐나는 거리, 나의 고향은 그런 외지의 사람들로 해서 더욱더 세상 깊숙한 바다 아래에 존재해 있었다.

밤밭과 이순신 장군

온천장 거리의 홍분에서 돌아온 날, 대문 빗장을 닫아건 나의 주거공간은 바깥 외풍이 전연 없는 따스한 지열의 감미로운 김 속에 감싸여 있었다.

어쩌면 그것은 우리가 의식할 수 없는 저 태내 공간의 원체험原體驗 같은 것이었는지도 모를 일이다. 이 온천장의 따스한 물, 깊이를 가진 진흙과 광석의 물로 해서 나는 양수羊水와 같은 고향 중의 고향으로 젖어들어갈 수 있었는지도 모른다.

어느 학교이든 교가에는 대개가 다 그 고장의 산과

냇물 이름이 나온다. 고향이라고 하면 으레 산천이 따라붙기 때문이다. 그러나 고향은 반드시 눈에 보이는 자연풍경을 의미하지는 않는다. 그런 산이나 냇물은 고향을 싸고 있는 하나의 껍질, 하나의 피부에 지나지 않는다.

고향은 인간들의 전설이 모여 이룩된 영원히 지울 수 없는 한 장의 방명록이기도 한 것이다. 길가에 세워진 비석이나 사당 같은 것은 중요한 것이 아니다. 동리 사람들의 입에서 입으로 전해지는 이름들—볏섬을 양손으로 들어 올리고, 술을 말로 마시는 호걸들, 주재소 일본 순사를 업어치기로 개천에 처박은 투사, 『천자문』을 하루에 다 깨쳤던 동경 유학생들의 신동들, 이러한 영웅들의 이름은 모두가 아무개 아들, 아무개 형으로 불리어졌다.

헨리 밀러가 자기에게 있어 진정한 영웅은 역사책

에 나오는 나폴레옹이 아니라 자기를 때려 최초로 눈두덩이에 시퍼런 멍을 들게 한 뉴욕 브루클린 14구의 거리를 누비고 다니는 개구쟁이들이었다고 말한 것과 같은 것이다. 이들이었다고 말한 것과 같은 것이다.

그러므로 이순신 장군이라 해도 역사책에 나오는 그런 영웅이 아니라 동리 사람들의 입에 오르내리는 그 무수한 영웅들의 하나이다. 말하자면 옛날 옛적에 살다 간 덕수 이씨, 뱀밭 사람의 하나로 이야기되는 것이다. 간난이 아버지나 옥순네 어머니의 소문에 대해서 말할 때처럼 어른들이 이순신 장군에 대해서 무언가 말을 할 때에는 으레 주변을 한번 훑어보고는 말소리를 낮춘다. 어쩌다 아이들이 엿들기라도 하면 "이런 이야기 들었다고 밖에 나가 떠들면 큰일 나는 겨"라고 으름장을 놓는 것이다.

그러므로 이순신 장군은 거북선보다도 뱀밭 사당

에 가면 볼 수 있다는 칼이 더 유명하고 자랑스러운 것이 된다. 어른들은 이순신 장군이 차고 다닌 그 칼은 어찌나 크고 무거운지 장정 두서넛이 들어도 꼼짝을 하지 않는다는 것이었다. 그것을 장군은 젓가락보다 더 가볍게 흔들면서 왜놈들의 목을 베었다는 것이다. 그래서 지금도 그 시퍼런 칼날에는 그때 벤 왜놈들의 피가 묻어 있다는 이야기다.

그때 뱀밭에는 지금같이 커다란 현충사도 없었고 찾아오는 사람들도 없었다. 더구나 잘못 말하면 일본 순사들이 잡아간다는 바람에 소문으로만 전해지는 이순신 장군은 씨름으로 황소 두 마리를 한꺼번에 끌어왔다는 방앗간집 지 서방네 아들과 다를 것이 없었다. 동리 아이들은 무언가 힘센 사람의 이야기를 하다가는 "그러면 이순신 장군과 싸우면 누가 이기냐"라고 말하곤 했었다.

뱀밭은 학교에서 가끔 소풍을 가서 도시락을 먹는 곳이기는 했어도 그곳 역시 나에게 있어서는 지하의 거리, 온천장과 마찬가지로 우물 속 같은 수직의 깊이를 가지고 있는 곳이었다.

온천물이 아니라 힘의 원천이 되는 뜨거운 피, 애국이니 역사니 하는 것으로 윤색된 것이 아닌 순수한 피가 솟구쳐 오르는 곳이다. 그리고 당연히 그곳은 장수가 잠자고 있는 깊은 수안睡眠의 땅이었다. 더구나 그 이상한 이름 때문에 항상 이순신 장군의 사당을 지키고 있는 것은 보석의 동굴을 지키고 있는 그런 뱀들이기도 했다.

태양의 과실

인물을 만들어내는 것처럼 고향은 또 특수한 토산품

을 만들어낸다. 나의 내면공간을 만들어낸 고향의 원풍경에는 온양 수박이 있다. 칼라하리 사막이 그 원산지인 것처럼, 수박은 뜨거운 모래밭과 태양의 과실이다.

온양은 두말할 것 없이 따뜻한 햇볕이라는 뜻이니 그 과일에게 있어 이보다 더 잘 어울리는 지명은 없을 것이다. 뿐만이 아니라 수박 역시도 온천과 다름없이 그 단물이나 빨간 불꽃을 내부에 숨기고 있다. 초록의 표면은 늘 사람들을 당황하게 하기도 하고 기대에 가득 찬 꿈을 주기도 한다. 그런 점에서 수박은 일종의 일상화된 보석 찾기이다. 흙에 얽매여 있는 고향 사람들은 수박을 쪼갤 때만은 어떤 삶의 경이 같은 것을 느끼는 것이다. 작은 도박, 작은 항해, 그리고 몽상의 행위이다. 밭고랑에서 수박을 딸 때부터 사람들은 그 속에 잠재해 있는 암호를 해독하지 않으면 안 된다.

우리가 볼 수 있는 것은 수박의 겉표면뿐이다. 초록

색을 통해서 사람들은 엉뚱하게도 그와는 전연 다른 붉은빛을 찾아내야 한다. 칼로 수박을 가를 때 사람들은 누구나 작은 함성을 지른다. 상상하던 대로 여름의 빨간 태양이 작열할 수도 있고 그렇지 않으면 박속과 같은 설익은 빛을 나타낼 수도 있다. 수박 하나에는 수박 하나의 수수께끼를 담고 있다.

　나는 습관처럼 지금도 수박을 보면 그 속에 담긴 여름의 추억들을 뻐갠다. 수박 속에는 언제나 내 고향의 여름이 있는 까닭이다. 태양의 흑점처럼 빨간 과육 속에 찍힌 그 씨를 보면 발가벗은 고향의 아이들을 생각한다. 위확장에 걸려 있는 아이들의 배에는 참외씨와 수박씨가 붙어 있다. 그러나 그 가난한 아이들의 내부에는 수박처럼 예측할 수 없는 태양의 뜨거운 빛들이 결정되어가고 있는 것이다. 내 고향 친구들이 모두 그러했다.

수박은 내면을 가지고 있는 과일이다. 감이나 사과 같은 과일은 겉으로 보면 안다. 그러나 수박은 뻐개보아야 안다. 고향 사람들은 내 고향 친구들은 겉만 보고서는 알 수 없는 깊은 내면을 지니고 있는 것이다. 수수께끼와 작은 일상의 경이, 그리고 여름의 태양을 닮은 속살을 간직한 나의 고향 사람들.

온양 수박은 이제 전설이 되어버렸지만, 그 환상의 맛만은 지금도 그 고향 사람들의 어딘가에 숨어 있다.

온천의 도시 쪽과 정반대 방향으로 가면 나의 외갓집이 있는 쇠일이 나타난다. 맹사성이 은거한 곳이기도 한 이 마을로 가려면 성황당을 지나야 한다. 산마을이기 때문에 고개는 줄곧 위로만 올라가야 한다. 그래서 어머니를 따라 외갓집을 갈 때에는 반드시 천하대장군 지하여장군이라 쓴 장승 앞에 돌 하나를 던지고 지나가야 한다. 어머니는 늘 돌을 던지시고는 무엇인가 잘 들리지 않는 말로 기도를 드리신다.

　『흙 속에 저 바람 속에』의 마지막 장면이 바로 이곳을 그린 것이다. 어머니는 내 문학의 근원이었으며 외갓집은 그 문학의 순례지였다. 까치, 까마귀, 참새, 그리고 맨드라미나 촉계화 이런 동식물들은 물론 내가 사는 마을에도 있다. 그러나 그런 것들의 체험은 장승에게 돌 하나 던지고 넘어간 외가 동리에서야 생생하게 맛볼 수 있는 것이다. 감은 어디에나 있다. 하지만 외할머니께서 따주시는 그 감이라야 한다. 그 감 속에는 우리 마을보다 일찍 지는 외갓집 빨간 저녁노을이 들어 있고 꼭 우리가 올 때마다 그 나무에 와서 우는 까치 소리가 들어 있다. "너희가 올 줄 알았지 까치가 저리 울더니만." 외할머니는 늘 그렇게 말씀하셨다.

고향과의 이별 방식

외가를 떠날 때면 할머니는 긴 돌담 끝까지 따라 나오신다. 또다시 만나볼 수 없는 사람들처럼 그렇게들 떠난다. 뒤를 돌아다보고 또 뒤를 돌아다보고 먼 데서 손짓을 하신다. 이러한 이별의 방식이야말로 우리들이 떠나온 그 고향의 원풍경인 것이다.

이렇게들 우리는 외할머니와 어머니 곁을 떠나왔고 고향과 이별을 했다. 그러면서 차차 과거형으로 불리우는 나의 고향은 그 깊이를 잃어가고 우물물의 밑바닥 세계는 조금씩 묻혀간다.

고향집 나의 생가는 거의 허물어지고 겨우 안채만 타다 남은 장작처럼 남아 있다. 뒤꼍의 우물물은 메워지고 말았다.

고향의 기억을 열어본다는 것은 선 수박만 깨뜨리

던 때의 그 실망과 비슷하다. 그 칼을 장정 몇이 들어도 꼼짝하지 않는다는 뱀밭의 신화는 잘 관리된 잔디밭처럼 깎여버리고 온천장에는 옛날과 같은 신혼부부의 모습을 찾아볼 수 없게 되었다. 그러나 지축과 가장 가까운 내면의 밑바닥 온천물은 지금도 뜨거운 수증기로 피어오른다. 고향은 이미 내 삶과 문학의 순례지가 아니다. 지금 기억 속 여름날의 수박들은 고향이 아니라 어느 먼 이국의 사막에서 익어가고 있는지 모른다.

빛의 무덤에 세우는 묘지명 墓誌銘

빛이여, 10월의 야윈 벌판을 가로지르는 빛이여, 너는 산의 능선을 달리는 사슴이나 그 벼랑들에 핀 꽃들처럼은 존재할 수 없을 것이다. 에리만토스의 산록에서 재빠른 멧돼지를 잡던 헤라클레스의 손으로도 결코 너를 잡을 수는 없다. 이슬조차 떨어지지 않는 가장 고요한 아침의 미풍이라 하더라도 우리는 그것의 움직임을 피부로 느낄 수 있을 것이다. 죽어간 사람들의 목소리를 듣듯 환청幻聽 속에서 그 음성을 들을 수도 있을 것이다.

하지만 빛이여, 10월의 투명한 빛이여, 너는 그렇게 움직이는 일도 없고 그렇게 소리를 내는 적도 없다. 그러나 나는 너를 보았다. 너는 건너편 언덕의 붉은 지붕 위에 있었고, 시들어버린 샐비어의 꽃잎에도 있었고, 여름의 천막들이 걷혀버린 회심한 바닷가의 바위 틈바귀에도 있었고, 도시의 공원과 골목길과 지하도 입구의 계단과, 그리고 마른 옥수수대가 서 있는 시골 밭길 사이에도 너는 있었다. 소멸해가는 모든 것 속에, 너는 있었던 것이다. 어둠에서 촛불이 타고 있듯이 딱딱하고 미끈거리고 또 부피와 그 무게를 가지고 있는 분명한 사물들이 하나의 광채로 소모되어가고 있는 것을 보았다.

빛이여, 10월의 야윈 벌판을 가로지르는 빛이여, 나는 너의 운명을 알고 있다. 빛의 근원 속에 있는 것은 하나의 어둠이라는 것을 알고 있다. 존재하는 모든 것은 어찌해서 너를 갈망하는가. 우리가 하나의 빛이 되기 위해서는 불꽃 속에서 타오르지 않으면 안 된다. 타오른다는 것은 소모해서 없어진다는 것이며, 그 형체도 그 본질도 시간과 더불어 사라져가고 있다는 것을 의미한다. 몸살을 앓듯이 뜨거운 열기 속에서만 비로소 우리는 휘황한 빛으로 변할 수가 있는 것이다.

빛이 되기를 갈망하는 자들은 시간이 무엇인지를 알고 있다. 조금 전, 아주 조금 전까지도 분명히 거기 그렇게 존재하고 있었던 것들이 싸늘한 잿더미로 바뀌어져버리고, 이젠 그 불빛마저도 찾아볼 수 없게 되었을 때, 우리는 그 빛들이 시간과 함께 영영 다시 돌아올 수 없게 된 것을 알고 있다.

그러나 빛이여, 10월의 빛이여, 나는 장자莊子의 말을 기억한다. 한 개비 한 개비의 장작들은 다 타서 사그라져가고 있지만 불은 꺼지지 않고 그 빛은 사라지지 않고 끊임없이 이어져 내려가는 것이다. 내가 다시 불붙고 타오르고 또 타오르고 할 것이다. 아주 기억할 수 없게 될 때까지 빛은 이 공간 속에서 끝없이 진동하고 있을 것이다.

그렇기 때문에 빛이여, 나는 네가 하나의 죽음이라는 것을, 많은 것들의 무덤이라는 것을, 그리고 너의 텅 빈 심장 속에서 우수의 고동 소리가 들려오고 있는 것을 알고 있다.

빛이여, 그러기에 대리석을 쪼아대는 미켈란젤로의 끌 소리를 나는 듣는다. 하나의 놀덩이 속에 재빨리 사라져버리는 너를 가두기 위해, 통곡을 하듯이 끌을 두드리고 있는 미켈란젤로의 음모陰謀와 그 비밀을 듣는다. 메디치가家의 분묘 위에 '아침'과 '점심'과 '저녁'과 '밤'의 조상彫像들이 생겨나게 된 연유를, 시들고 썩지 않는 다비드의 코와 딱딱한 돌을 헤집고 어깨와 손이 뻗쳐 나오는 '노예의 상'이 어떤 연유로 저 광장 위에 서 있는가를 나는 생각하고 있다.

빛이여, 10월의 야윈 벌판을 가로지르는 빛이여, 강물처럼 흘러서 사라지는 빛이여, 녹슬은 범종梵鐘처럼 저녁 안개 속에서 울리다가 사라져가는 빛이여, 향불처럼 한 오라기 연기의 향내 속에서 머뭇거리고 서성대고 맴돌다가 사라지는 빛이여, 마지막 10월의 빛이여, 너를 위해서 죽어간 모든 것의 무덤 위에 누가 서툰 묘지명을 쓰는가.

　사람의 기억이라는 것은 부정확하다기보다 차라리 무책임하다는 편이 옳을지 모른다. 모든 사람의 기억 속에는 편견과 고집이라는 것이 있기 때문이다. 매우 따분하고 심심한 어느 외국의 심리학자는 실제로 학생들을 실험 도구로 하여 인간 기억의 그 무책임성을 실험한 적이 있었다.

　강의실 문을 열고 우편배달부가 교수에게 편지 한 통을 주고 나간다. 물론 시간은 길지 않다. 다만 1, 2분 동안이다. 편지 한 통을 주고는 금시 사라져버리는 1, 2분 동안…… 잠시 후에 교수는 학생들에게 이 광경을 다시 재현시켜본다. 우편배달부가 입은 옷의 빛깔이라든가, 그가 신은 구두 모양이라든가, 그리고 또 그의 인상이나 용모의 특징, 키가 큰지 작은지, 몸집이 뚱뚱한지 여위었는지, 그리고 그가 준 편지 봉투의 빛깔은, 모양은…… 이렇게 인상착의에서 시작하여 그낱낱의 동작에 대해서 여러 가지 질문을 해본다.

그들의 눈앞에서 분명히 벌어진 광경이었지만 그들의 해답은 가지각색이다. 붉은빛이 까만빛으로도 되고, 사각형이 원형으로도 되고, 모든 것이 기억의 혼란 속에서 각색되어 나타난다. 법정에 선 증인들도 예외일 수는 없다. 그런데도 근엄하신 판검사님들은 대체로 증인의 기억이 수천 년 전의 나일 강 연안에서 발굴한 무슨 금석문처럼 생각하기가 일쑤다. 사실 소심한 사람들이라면 이 기억의 무책임성 때문에 불안 속에서 떨어야 할 많은 밤을 보내야 한다.

가령 말이다. 어느 날 자기는 이상한 사건의 혐의자

로 경찰에 체포된다고 하자. 당신은 몇 월 며칠, 몇 시에서 몇 시까지 어디에 있었느냐고 물었을 때, 더구나 그것이 두 달 전이나 석 달 전 심하면 1년이고 2년이고 참으로 먼 시간에까지 거슬러 올라갈 때, 과연 우리는 그 알리바이를 댈 수 있을 것인가? 추리소설이나 수사야화 정도를 쓴 신문기사에는 이상스럽게도 혐의자란 혐의자는 모두가 기억력이 비상한 듯이 보인다. 이것이 더욱 우리를 절망하게 할 것이다. 기억이 부정확하고 무책임한 것을 알고 있는 한 누군들 범죄의 그 현장으로부터 자신을 완벽하게 떼어놓을 수는 없을 것이다.

나는 구스타프 노이만이라는 사람이 누군지를 잘 모른다. 내가 그 사람에 대해서 알고 있는 것은 (이것도 정말 확실한 기억인지는 모르겠다) 그가 인간에 대해서 참으로 신통한 소리를 한마디 말한 적이 있다는 사실뿐이다. 그는 말했다.

"인간은 한 개의 기계로서 볼 때 절망적일 만큼 비능률적인 존재다. 불행하게도 인간공학이라는 것은 아직도 무엇 하나 발명되어 있지 않다."

그러나 뜻밖에도 노이만의 이 증언이 우리에겐 더욱 희망이 되는 것이다. 기억의 무책임성처럼 유쾌한 것도 사실 없다. 내가 어렸을 때 건넜던 도랑물은 아마존 유역의 그 강물보다도 더 넓고 신비한 것이었다. 내 기억 속의 숲들은 오늘날에 보는 그런 숲처럼 푸른 빛 일변도로 우거져 있진 않았다. 그것들은 유리로 만든 나무처럼 번뜩이고 있었다. 마녀의 휘파람 소리 같은 이상한 소리로 서로 지껄이고 있었다. 지금 돌아가 보는 그런 고향은 아닌 것이다.

기억 속의 고향은 좀 더 그 색채나 형태나 그 장소들이 장대하고 찬란하며 깊숙하다. 그 언덕은 지금처럼 얕지도 않고, 썩어가는 초가草家지붕들은 지금처럼 그렇게 가난하지 않았다. 이 기억의 편견과 고집이 있기 때문에 우리는 시간과 사물의 그 폭력으로부터, 저항 불가능한 그 결정적인 지배력으로부터 벗어날 수가 있다. 내가 이야기하려는 것은 기억에 대해서가 아니다. 하나의 빛에 대한 이야기인 것이다.

어느 날 나는 길 위에서, 시장 가까운 도시의 골목길에서 한 여인을 만났다. 그 여인은 시장 가까운 골목길이라면 어디에서고 볼 수 있는 그런 평범한 주부에 지나지 않는다. 혼수로 가지고 온 장롱이 유리가 깨지고 칠이 벗겨지고 한 것처럼 그 여인의 얼굴도 그렇게 퇴색해버린 30대의 여성이다. 그런 여성들은 대개 광대뼈가 나와 있고 기미가 끼어 있는 법이다. 으레 한 손에는 찬거리가 든 시장바구니가 들려 있고, 그 바구니 속에는 예외 없이 비늘이 떨어진 한두 마리의 생선과 몇 다발의 야채와, 그리고 신문지 조각에 싼 멸치 봉지와 콩나물 등이 들어 있을 것이다. 그리고 또 한 손에는 시장바구니와 별로 다를 것이 없는 어린아이가 달려 있다. 우리는 이런 여인들이 신는 신발이 굽 높은 하이힐이 아니라는 것을 잘 안다. 맨발에 아무렇게나 걸칠 고무신이라는 것을 우리는 알고 있다.

나는 골목길에서 그런 여인과 만났던 것이다. 그러나 기억 속의 여인은 광대뼈가 나오지도 않았으며 기미가 끼어 있지도 않았으며 그 손에는 시장바구니나 땀띠투성이의 그런 아이도 물론 없었다. 내가 만난 그 여인은 생선들이 썩어가고 있는 시장의 어느 골목길에 있지는 않았다.

그녀는 5월의 바람 속에 있었고, 여름의 파란 잔디 위에 있었고, 10월의 낙엽 위에 있었고, 12월의 눈길 위에 있었다. 대학의 캠퍼스가 아니면, 세바스티안 바흐의 음악이 흘러나오는 어느 커피숍이나, 끝이 없을 것 같은 어느 계단 위에 그 여인은 있었다. 풀기 있는 하얀 그 빳빳한 블라우스, 그리고 감청색 스커트의 주름에는 언제 봐도 구김살이란 것이 없었다. 기억 속의 여자는 그 손에 썩어가는 조기 대가리가 아니라 우리들의 불쌍한 랭보 씨의 그 시집詩集이, 아니면 바이킹의 손자로서는 매우 섬세한 키에르케고르의 이중 번역의 철학 서적 같은 것이 들려 있었다. 그러나, 지금 그 여인의 두 손은 저녁의 반찬거리와 땀띠투성이의 어린아이에 잡혀 있고 그녀가 들고 있는 것은 바흐가 아니라 덤핑 장수가 외치는 물건값들이다. 나는 분명히 그것을 말할 수가 있다. 집으로 돌아간 그 여인은 30촉 희미한 형광등 밑에서 동강 난 연필에 침을 바르며 가계부를 기록할 것이다. 그리고 기다리는 것이다. 한 마리의 노새처럼 등에 무엇인가를 짊어지고 그의 남편이 돌아오기를 기다리고 있는 것이다. 대체 이

계산은 언제 가야 끝이 나는 것인가. 도대체 저 문소리를 언제까지 기다려야 하는가. 수은 칠이 벗겨져가는 경대 위에 얼비치는 얼굴을 바라보면서 기미가 또 늘었다고 한탄할 것이다.

"내가 원했던 것은 그런 남자가 아니었던 거야, 술냄새가 아니었던 거야, 저녁마다 들고 들어오는 그 서류의 뭉치가 아니었던 거야, 나는 어머니처럼 되고 싶지 않았었지, 콩나물과 멸치와 비곗덩어리만이 붙어 있는 비리고 역겨운 이런 고기들이 아니었던 거야."

그러나 이러한 것은 중요한 것이 아니다. 여인들은 반드시 이렇게만 늙어가는 것은 아니니까. 중요한 것은 내가 골목길에서 만난 그 여인과 나는 이미 학생이 아니라는 사실이다.

우리는 다시 5월의 바람 속에서는 만날 수가 없게 된 그런 사람들이다. 이 길 위에는 세바스티안 바흐나 좀 허풍이 심한 랭보나 키에르케고르의 찌푸린 얼굴도 이미 존재하지 않는다는 사실이다. 나는 그 여인이 앙비타시옹 오 바이아지의 시를 외던 그 목소리로 남편에 대해 불평의 욕설을 늘어놓는 소리를 듣고 있었다. 사람들은 늙어갈수록 사투리가 더 심해져간다는 그 이유를 나는 알고 싶었다. 그녀는 부끄러움도 없이 가슴을 풀어 헤치고 아무 데서고 아이에게 젖꼭지를 물리는 그런 여성의 하나가 된 것이다. 그러나 내 기억은 무책임하다. 내가 본 그 여학생은 지금도 아직 어느 교정의 숲길을 걷고 있었고, 계단을 오르고 있었고, 랭보를 읽고 있었고, 바흐의 음악을 듣고 있다. 대체 누가 그 여인의 손에 콩나물과 멸치 바구니를 들리게 할 수 있을까.

　기억은 하나의 광망光芒과도 같은 것이었는지 모

른다. 촛불처럼 타들어가기만 하는 한 여인의 모습은 기억의 빛만을 남기고 소멸해가고 있다. 누구나 고향으로 돌아갈 수 없듯이 누구나 옛날의 여인들을 만나지는 못할 것이다. 사람들은 흔히 고향으로 돌아간다고 하지만 실은 고향은 아무 데도 없는 것이다. 옛날에 그것은 타서 없어지고 말았다.

그것은 이미 고향이 아닌 것이다. 거기에서는 하나의 벌레, 하나의 들꽃, 하나의 돌, 붉은 흙이 상처처럼 찢기운 하나의 언덕이라 하더라도 기억 속의 그 고향에서처럼 존재하지는 않을 것이다. 여인들도, 우리가 사랑했던 그 많은 여인들도, 이젠 두 번 다시 만날 수는 없을 것이다. 시장 골목에서 만나는 여인들은 이름은 같아도 이미 그때의 그 여인들은 아닌 것이다.

그렇다. 그때의 여인들은 지금의 이 여인이 아니다. 우리를 잠들지 못하게 했던 그 여인들은 10월의 햇빛과 함께 여름의 그 마지막 햇빛과 함께 이미 없어지고 만 것이다. 기억은 은행에 맡겨둔 예금액 같은 것은 물론 아니다. 기억의 통장에 찍힌 낡은 문자들은 영원히 현찰로 바꾸지는 못할 것이다. 하나의 빛처럼 그것은 텅 빈 공간을 채우고 있을 뿐 존재하지도 않고 만질 수도 없고 냄새 맡을 수도 없으며 공작새처럼 가두어둘 수도 없다. 그것은 가둘 수 없는 공작새이다. 프리즘의 날개를 가진 형태形態 없는 새, 이 세상에서 가장 변덕맞은 새이다.

나는 그 여인이 어떻게 골목길로 사라져가는지를 보았다. 그것은 낙서와 벽보와 벗겨진 페인트가 상흔처럼 입을 벌리고 있는 담이 아니라 하나의 시간이었다. 여인은 그 시간의 골목으로 돌아선다. 고무신을 끌고 시장바구니를 흔들고 그 여인의 얼굴에 까칠한 기미를 돋게 한 어린 자식의 손목을 틀어쥐고, 그는 시간의 골목길을 돌아가고 있다. 허공 속에서 무엇인가를 잡으려고 흐느적거리는 등덩굴처럼 그 여인은 움직이고 있었다.

　나는 거기에서 10월의 빛을 보고 있었다. 야윈 벌판을 가로지르는 10월의 햇빛을 보았다. 마지막 타오르는 불빛들, 소멸해가는 것들의 그 빛과 그 아픔과, 다시 돌아올 수 없는, 그 순간들의 무덤을 바라보고 있었다. 저 찬란한 빛 속에서 우리가 보고 있는 것은 하나의 거대한 암흑이었고 침묵이었고 생명을 상실해가는 무덤의 입구, 그리고 그 계단들이었다. 우리들의 기억이 늘 그렇게 고집스럽고 엉뚱하고 갈피를 잡을 수 없는 까닭은 현실과 그 사이가 좋지 않은 기억의 덫에 때때로 그 빛의 파편들이 걸려드는 까닭인지도 모른다.

진주眞珠의 변주곡變奏曲

차라리 보석이라는 것이 없었더라면 우리의 여인들은 좀 더 행복했을는지도 모른다. 원시의 벌판에서 맨발로 뛰어노는 야만한 여인들처럼 그들은 다만 몇 개의 아름다운 꽃만으로 자신들의 몸을 장식할 수 있었을 것이다. 그들은 불평을 모른다. 지금도 가난한 여인들은 보석이 아니라 꽃으로 목걸이를 만든다. 가슴의 브로치나 손목의 팔찌를 만들 줄 안다. 결코 그 빛과 향기는 하루 이상의 행복을 주지 않을 것이지만 그들의 액세서리는 생명의 환희 같은 것을 지니고 있다. 그것들은 시들 수 있기 때문에 더욱 귀중한 것이다. 시드는 액세서리야말로 가장 생명적인 사치품이 아니겠는가?

그러나 사람들은 시들지 않는 꽃을 구하려고 한다. 영원히 그들의 머리카락에서, 부풀은 가슴 위에서, 그들의 하얀 목과 손가락 위에서 변색하지 않을 하나의 꽃을 바라고 있다. 그렇기 때문에 사람들은 보석이라는 것을 발견하고 말았다. 보석은 시들지 않는 꽃, 퇴색하지 않는 꽃, 얼어붙어버린 꽃이다. 하지만 그것은 꽃의 미라에 지나지 않는다. 가짜 보석이 진짜 보석의 이미테이션이라면 진짜 보석은 꽃의 이미테이션에 지나지 않는 가짜 꽃이다. 어떤 순수한 보석이라 할지라도 그것이 들판이 아니라 쇼윈도에 진열되어 있는 한 자연의 모조품에 지나지 않는다.

보석에는 계절도 없으며 피고 지는 생명의 변화도 없다. 변화가 있다면 그 보석을 지닌 자들, 즉 소유자가 바뀐다는 것뿐이다. 한때 그것으로 장식했던 육체들이 점차 시들고 병들고 부패해져간다는 그 변화뿐이다. 옛날의 제왕들은 이제 한 줌의 흙으로 변했으나 그들의 머리에서 빛나던 왕관의 보석은 옛날 그대로의 영광으로 번득이고 있다. 이 죽지 않는 꽃은 인간을 더욱 고독하게 만든다. 보석은 이 지상에서 가장 고독한 우

수의 꽃인 것이다. 보석의 고독, 사파이어에는, 영원
히 흐릴 수 없는 하늘의 고독이 있고, 루비에는, 타오
르고 또 타오르지만 아무것도 태울 수 없는 불꽃의 고
독이 있고, 토파즈에는 안개 낀 저녁의 어둠, 더 짙어
질 수도 없고, 더 밝아질 수도 없는, 박명 薄明의 어둠
이 지닌 고독이 있다. 다이아몬드는 이슬처럼 번득이
지만 거기에는 영원한 아침이 있을 뿐이다. 시간에서
소외되어버린 이 꽃들의 순수성이야말로 보석들의 고
독이다. 그러나 그것들과는 다른 생명적인 하나의 보
석에 대해서 나는 말하고 싶다.

　나는 다이아몬드가 탄소 동위체라는 사실을 알고 얼
마나 절망했는지 모른다. 어떤 아침 이슬보다도 더 찬
란하고, 어떤 백합보다도 순결한 그 다이아몬드가 하나
의 숯에 지나지 않는다는 사실은 분명 서글픈 아이러니

가 아닐 수 없다. 그처럼 귀족적인 다이아몬드의 고향이 실은 천하고 더럽고 검은 숯검정에 지나지 않는다는 사실에서 우리는 무엇을 연상할 수 있을 것인가?

백작 부인이 된 창녀, 벼락부자가 된 넝마주이, 그리고 하루아침에 권력자로 둔갑해버린 폭력자, 메이크업을 하고 스크린에 나타난 인기 배우와 같은 존재들―허망한 그 모든 것의 변조된 얼굴의 역사이다.

그러나 진주의 과거는 우리를 신비한 생명의 세계로 이끌어간다. 한 알의 진주 속에는 생명의 병과, 그리고 그 투쟁, 그 아픔의 결정이 숨어 있기 때문이다. 누구나가 다 알고 있듯이 진주는 병든 굴과 조개에서 생겨난다. 트레마토드라는 작은 열대성의 흡충류吸蟲類나 그 밖의 어떤 이분자異分子들이 굴과 조개의 체내로 침입해 들어왔을 때 그것들은 그 병을 막기 위해 분비물을 배출한다는 것이다. 생명을 지키기 위한 그 싸움

속에서, 그 아픔 속에서, 그 부패 속에서 도리어 번득이는 하나의 영원한 진주알이 결정된다.

그렇다. 진주는 돌이 아니다. 죽어버린 그 돌의 광채가 아니라 그것의 고향은 하나의 생명이었다. 그리고 그 생명의 병이 아름다운 광채로 변신하여버린 기적이다. 병든 생명 없이 진주는 탄생하지 않는다. 그러므로 진주의 아름다움은 우리들에게 생명의 한 변주곡을 들려준다. 어떻게 해서 병든 생명이나 그 고통을 하나의 광채 덩어리로 만들 수 있는가 하는 그 결정 작용의 비밀을 침묵의 언어로 속삭인다. 우리들도 지금 어느 깊숙한 생生의 물결 속에서 트레마토드, 생명의 체내로 침입해 들어오는 온갖 고뇌의 벌레인 그 트레마토드와 싸우고 있다. 이 불행을, 이 비극을, 이 두려운 침입 없이 우리는 어떻게 생의 진주를 얻을 수 있겠는가?

마치 한 개의 조개처럼 진주층의 분비물로 그 고뇌의 침입자들을 포위해버릴 수 있을 때만이 우리들의 불행한 생명도 하나의 결정 작용을 이루는 것이다. 그리고 생의 아픔과 그 부패가 진주와 같은 영롱한 빛을 띠는 창조의 비밀을 가르쳐준다. 생명의 병든 빛이 진주의 광채로 빛나게 되는 그런 기적일 것인가?

그러기에 진주는 눈물이다. 서양의 신화나 동양의 전설에서나 한결같이 진주는 눈물과 깊은 관계를 맺은 보석으로 그려져 있다. 북구신화를 보면 진주는 여신 프리그의 눈물이 결정된 것이라고 전한다. 프리그 여신은 사랑하는 아들 발데르를 잃었다. 로키의 흉계로 불의의 죽음을 당한 발데르의 영혼을 다시 부활시키기 위해서 비탄에 젖은 프리그는 죽음의 여신 헬을 찾아갔다. 사랑하는 아들의 생명을 돌려달라고 프리그는 눈물을 흘리며 애원한다. 헬은 지상의 모든 것이 하나도 빠짐없이 발데르의 죽음을 위해 눈물을 흘린다면, 통곡을 한다면 다시 그의 생명을 돌려주겠다고 약속했다. 그래서 신도, 인간도, 산천의 온갖 초목도 모두 그의 죽음을 위해서 울었다고 했다. 그러나 단 한 사람, 요녀 도크만이 울지 않았다. 그 때문에 발데르는 소생할 수 있는 그 기회를 영원히 놓치고 말았다.

우리는 그것을 상상할 수가 있다. 사랑하는 자식의 생명을 위해 프리그가 흘린 그 눈물이 얼마나 뜨겁고 순결했을까를. 끝없이 흐르는 그 눈물은 지상의 온갖 것이 흘렸던 모든 눈물방울보다도 더 크고 깊었을 것이다. 그리고 죽은 영혼을 불러 일깨우는 그 지순한 눈물방울이 어떻게 진주가 되지 않을 수 있었겠는가.

"그대가 오늘까지 흘려온 눈물은 번득이는 진주가 되어 다시 돌아오리라"(셰익스피어 소네트)라고 말한

에드워드 4세의 말처럼 발데르의 영혼이 다시 소생하지 않았다면 그 눈물이라도 진주가 되어 돌아왔을 것이다. 중국의 전설에서도 진주는 눈물이었다. 남해에 교인鮫人이라는 인어가 살고 있었는데 그는 달이나 별이 밝은 그런 밤에는 해안에 서서 자기의 서러운 신세를 울었다고 한다. 인어가 울 때마다 그 눈에서는 맑고 고운 눈물(진주)이 바닷속으로 굴러떨어졌다고 한다.

우리는 그 인어의 슬픔이 무엇이었는지 알 수가 없다. 그러나 진주의 눈물을 흘릴 수 있는 그러한 슬픔이라면, 그리고 한밤중에 해안에 홀로 서서 눈물을 흘려야만 했던 그러한 슬픔이라면 그것이 얼마나 순수하고 아름답기까지 한 처절한 비탄이었는가를 짐작할 수 있다. 프리그 여신과 남해 바닷가의 인어가 흘린 눈물만이 진주가 되는 것은 아닐 것이다.

우리들의 슬픔도 또한 그와 같다. 순수한 비탄은,

그 눈물은, 진주처럼 아름답게 결정될 것이다. 비극의 순화, 눈물의 전신轉身, 이렇게 해서 생의 보석은 결정된다. 값진 진주는, 아름다운 진주는, 도리어 어둡고 아프고 고통스러운 그 비탄 속에서 영롱한 빛을 얻는다. 생의 진주를 따기 위해선 지상의 온갖 것을 울려야 한다. 요녀 도크까지도 울려야 한다. 바닷물이 쓸리는 한밤의 암흑 속에서 날이 샐 때까지 남해의 인어를 울려야 한다. 비극을 피하는 것은 그 비극 속에서 눈을 돌리고 그냥 도망치는 것이 아니라 도리어 그것을 눈물로 씻어 없애는 일이다. 신도, 인간도, 온갖 초목도 프리그 여신처럼 진주알이 되는 그런 눈물을 흘릴 수만 있다면 죽은 자의 모든 영혼이 우리들 곁으로 돌아올 것이다.

진주는 달이다. 진주는 빛을 발하면서 또한 은폐한

다. 빛에 의하여 또 하나의 빛을 감싼다. 그 내면의 빛
에서 그 반투명의 진주에서 우리는 달을 생각한다. 달
을 하늘의 진주라고 부르는 것도 결코 과장된 표현이
아니다. 달이 어둠과 빛을 동시에 간직하고 있듯이 진
주의 빛깔은 빛과 어둠의 그 모순하는 두 개의 세계를
거느리고 있다.

비유로만 이야기하는 것이 아니다. 진주를 태양빛
에 내놓으면 그것은 일시에 그 광채를 잃는다. 달의
숙명과도 같다. 광명이 사라질 때 비로소 빛날 줄 아
는 진주의 운명은, 그리고 그 외로움은 언제나 우울한
어둠을 전제로 하고 있다. 밤의 주민들은 진주의 빛이
무엇인가를 분명히 알고 있다.

모든 창문에 불이 꺼진다. 온갖 생명의 색채가 암흑
의 빛으로 변해가는 시각, 마치 하나의 월광月光처럼,
영혼의 가장 깊숙한 곳에서 우러나오는 광채, 이 내면

의 빛은 유리 조각처럼 번득이지 않는다. 자기를 드러내놓는 빛이 아니라 자기 내부로 끝없이 스며들어가는 빛이다. 진주의 빛은 이러한 영혼의 빛을 띠고 있다. 그것은 밤이슬과도 같이 대낮 속에서는 살 수 없다. 달이 어둠이 만들어낸 역설의 광채이듯 어둠이 도리어 빛을 만들어낸 것이 바로 진주의 빛이다. 이 역설과 모순의 빛이 있기에 인간은 절망 속에서 희망을 보고 비탄 속에서 즐거움을 맛볼 수 있는 것이다.

묵묵히 어둠이 우리를 휩쓸 때, 비로소 빛날 줄 아는 달의 신비, 진주의 빛처럼 인생을 사는 사람들은 우수의 밭에서 환희의 열매를 따는 농부들이다. 안토니우스를 위해 베푼 잔치 자리에서 클레오파트라는 술잔에 진주를 넣어 마셨다는 이야기를 우리는 알고 있다. 진주를 술잔에 넣으면 녹아서 분해된다. 진주의 그 결정체와 광택은 한 방울의 술로 변해버리는 것이다. 녹아서 사라지는 보석, 영원할 수 없는 이 보석은 계절과 함께 시들어가는 꽃잎처럼 그렇게 사라질 줄을 안다. 하나의 보석이, 딱딱한 보석이 광기狂氣가 잠들어 있는 술방울이 되어 형체도 없이 사라질 수 있다는 것은 보석의 영원한 영광을 거부하는 것이다. 우리들 고뇌의 술잔에도 이 아름다운 진주를 넣어라. 그리고 그 빛을 마시고 아픔과 눈물이 굳어버린 슬픔을 다시 녹여라. 그 생명의 술잔을 기울일 때 우리들의 피는 다시 시끄럽게 파동 치리라. 바닷물처럼. 진주의 조개를 흔들어놓던 그 바닷물처럼 고뇌의 술잔에도 그 생명의 술잔에도 잔잔한 파도가 일리라.

진주는 우리들의 혈액 속에서 붉은 꽃처럼 맺히고 필 것이다. 어느 여인의 뜨거운 목덜미에서 빛을 발하던 그 진주알들이 이젠 우리들의 핏방울 속에서 그 광택을 침전시킨다. 클레오파트라처럼 값비싼 진주알을 마셔버릴 때 보석의 그 영광은 우리들의 생일과 함께 끝나버릴 것이다. 생명의 아픔을, 그 눈물을, 그 내면의 빛을, 우리들 고뇌의 술잔에 타서 마셔버리면 그 때 우리들의 우수는 차마 뜨거운 인간의 피를 침범하지 못할 것이다. 생명은 부패한다. 생명의 비탄이, 그리고 생명의 어둠이 진주처럼 결정되고 그것이 다시 우리의 혈액 속으로 광기의 술방울로 젖어 들어갈 때, 우리들은 유쾌한 우수의 사냥꾼이 될 것이다.

길고 긴 탄생誕生

나는 귄터 그라스를 미워한다. 그는 『양철북』이란 소설에서 자기가 탄생하는 장면을 묘사하였기 때문이다. 그는 마치 엊저녁의 칵테일파티 이야기를 하듯이 어머니의 태 속에서 양수에 둘러싸여 철벅거리고 놀다가 세상 바깥으로 나오는 자기의 탄생 광경을 세세하게 전달해주고 있다.

 이 엄청난 사기술에 나는 질투를 느끼고 있다. 인간 기억의 한계를 돌파하는 엉터리없는 그의 용기에 일종의 패배감을 느끼고 있는 탓일까. 인간의 한 생애에서 가장 중요한 것은 탄생과 사망이다. 생의 시초와, 그리고 그 생의 마지막보다 대체 더 중요한 의미를 갖고 있는 것이 또 어디에 있을 것인가. 그런데도 우리는 우리의 탄생을 기억할 수 없고 우리들 자신의 죽음을 말할 수가 없다. 이 하나의 사실만으로서도 인간은 누구나 자기 생에 대한 발언권을 박탈당하고 있는 기억상실자들이다.

그러나 귄터 그라스여, 나는 당신처럼 이 세상에 태어날 때 60촉 전등이 켜져 있었는지, 그렇지 않으면 램프불이나 등잔불이 펄럭거리고 있었는지 그런 사실을 말할 수가 없다. 하지만 내가 내 탄생을 목격했다고 하더라도 산실의 묘사 같은 것은 하지 않겠다. 왜냐하면 우리는 이 세상에 한 번 태어나는 것이 아니라, 호적부에 기록되어 있는 하나의 출생일만을 갖고 있는 것이 아니라, 무수히 무수히 탄생되어가고 있다는 것을 알고 있기 때문이다. 욕심을 내서 말하면 인간은 하루에 한 번씩 태어나고, 심할 경우에는 하루에 네 번이고 다섯 번이고 태어난다.

우리들의 첫 번째 탄생은 아버지와 어머니의 두 애정 속에서 두 가지의 다른 얼굴로 태어난 것이다. 어머니의 사랑은 젖가슴의 부드러움이었고, 아버지의 애정은 수염털의 그 깔끄러움이었다. 어머니는 옷깃을 풀어 헤친다. 그리고 우리는 젖가슴의 그 부드러운 세계 속에서 의식의 눈을 뜬다. 그러나 아버지가 아이들을 안고 뺨을 부비댈 때에는 그 우악스러운 애정 표시로 하여 깔끄럽고 따끔따끔한 또 하나의 다른 딱딱한 세계 속에서 자기의 탄생을 바라보는 것이다.

이러한 두 세계는 이 세상에서 인간이 탄생하는 두 가지 다른 방식의 상징이 된다. 아버지는 언제나 바깥에서 안으로 돌아온다. 철길 너머의 낯선 도시로부터 아버지가 돌아올 때는 백화점의 포장지에 싸인 여러 가지 선물들이 우리들 곁에 놓인다. 미키 마우스와 같은 장난감들, 번쩍거리는 에나멜 구두, 호화로운 오색도의 그림책, 이런 것들은 모두 언제나 아버지가 바깥에서 가지고 들어온 선물들이다.

아버지의 선물은 신비한 바깥세상의 풍경들이었다. 미키 마우스의 고무 냄새도, 걸을 때마다 이상한 소리가 나는 구두 소리도, 그림책의 현란한 색채들도 그것은 모두가 바깥세상에서 존재하고 있는 울타리 너머의 것들, 마을 너머의 것들, 그리고 멀고 먼 환희의 땅에 있는 그런 것들을 통해서, 우리는 바깥에서 들어온 아버지의 세계를 통해서 강 너머의 세계를 구한다.

그러나 어머니는 울타리 안으로, 방 안으로 우리를 끌어들인다. 어머니가 우리에게 주시는 선물들은 십장생도가 그려져 있는 반닫이 안에서 나오는 것들이다. 바깥이 아니라, 철길의 끝에 있는 그 도시의 것이 아니라, 방 안에 있는 반닫이 속, 좀약 냄새가 풍기는 그 반닫이 속에서, 색실로 수놓은 예쁜 복건과 주머니와 하얀 버선들이 나오는 것이다. 그것은 반닫이 속보다도 더 깊숙한 곳에서 우리가 알 수 없는 아주 깊숙한 어쩌면 향란 속 같은 다른 세계에서 생겨나는 것 같기도 했다.

언제나 어머니는 안으로부터 많은 것들을 꺼내주신다. 엿이며 곶감이며 고소한 호두 같은 것들이 다락 속 깊숙한 곳으로부터 나오는 것이다. 바깥의 세상과 안의 세상. 그것들은 두 개의 자석처럼 우리들의 마음을 끌어당기고 두 개의 다른 탄생을 가르쳐준다.

눈이 몹시 내리던 날, 나는 아버지와 어머니의 세계가 어떻게 다른가를 체험한 적이 있었다. 오후에 얼마나 많은 눈이 내렸던지 언덕을 하나 넘어야 집으로 갈 수 있었던 나는, 국민학교의 교실에서 난롯불이 다 꺼져버린 추운 방과 후의 교실에서 손을 부비며 누군가 집에서 나를 데리러 올 것을 기다리고 있었다. 내 나이는 너무 어렸고, 몸은 또 그렇게 약하기만 해서 비가 오거나 눈이 내리는 날이면 언제나 집에서는 마중을 왔기 때문이다.

그러나 그날은 청소 당번이 다 가고 교무실의 선생님들이 가방을 들고 교문을 나서는데도, 나를 찾아오는 사람은 없었다. 혼자 눈 속을 가야만 했다. 손이 얼고 눈은 발목에까지 찼다. 엎어지고 미끄러지고, 눈을 제대로 뜨지도 못한 채 언덕을 넘고 논길을 건넜다. 대문을 박차고 안방으로 눈사람처럼 되어 뛰어 들어갔을 때, 어머니는 몹시 당황한 표정을 지었다. 언 손을 입김으로 녹여주시고 눈 묻은 발을 털어주시면서 꼭 껴안는 것이었다. 눈보라 속에서 얼마나 고생했겠느냐는 것이었다. 어린것이 어떻게 고개를 넘었느냐는 것이었다. 어머니는 학교로 마중을 내보낼 생각을 잊고 계셨던 것을 후회하시면서, 눈물을 글썽이기도 했다. 그런데 아버지는 웃고 계셨다. 발갛게 언 볼, 아직도 눈송이가 녹지 않는 내 뚜껑머리를 바라다보시

면서 자랑스럽게 웃고 계셨다. 행복한, 아주 행복하기
까지 한 그런 얼굴이었다.

　"저놈이 혼자서 이 눈 속을 걸어왔다니······."

　아버지는 대견스럽게 생각하고 계셨다. 눈 속의 언
덕을 넘어온 나를 한니발 장군이나 알프스 산을 넘은
나폴레옹처럼 생각하고 계셨던 모양이다.

　'이젠 이 녀석도 코흘리개 어린애는 아니란 말야'
······ 하고. 어째서 똑같은 사건이었는데도 어머니는
그처럼 눈물까지 흘리셨으며 아버지는 또 웃음을 지
으시며 그토록 기뻐하셨는가? 눈보라의 언덕을 넘어
오던 날, 나는 어머니의 얼굴과 아버지의 그 얼굴이
어떻게 다른 것인가를 미처 이해할 수가 없었지만, 벌
써 그때 이미 나는 남자의 세계와 여자의 세계의 갈림
길이 나서는 생의 언덕을, 또 하나 다른 탄생의 눈보
라 언덕을 넘고 있었다.

아버지는 바깥세상에 우리를 탄생케 했고, 어머니는 반닫이와 같은 깊숙한 내부의 세계로 우리를 탄생시킨다. 깔끄럽고 딱딱하고 그지없이 넓고 먼 밖으로 밖으로 번져가는 세계. 그러나 또 한편에서는 부드럽고 따스하며 그지없이 안으로 안으로 파고드는 함지박 같은 그 세계. 우리는 서로 다른 이러한 세계 속에서 매일같이 다른 얼굴로 탄생해간다.

우리는 그것을 성장成長이라고 부른다. 인간의 키身長는 어느 한계 속에서 멈추고 말지만, 의식의 그 키는 끝없이 흔들리면서 무수한 탄생의 분만대에서 줄어들기도 하고 늘어나기도 한다. 그 고통 없이는 한 치도 인간의 키는 자랄 수가 없다. 어른이 된다는 것은 무엇인가? 심리학자들은 그 과정을 두 개의 이유기離乳期로 구분해서 설명해주고 있다.

자라기 위해서는 어머니의 젖꼭지로부터 떠나지 않으면 안 된다. 생명의 줄기이며 사랑의 샘이기도 한 어머니의 젖가슴을 떠나는 데서부터 성장의 첫발을 내딛는 것이다. 젖꼭지에 금계랍을 묻히면서까지 어머니들은 애들의 젖을 떼려고 애쓴다. 아이들은 거기에서 쓰디쓴 젖을 맛보게 된다. 그 좌절, 그 고통 속에서 눈물을 흘리다가 이윽고 밥상에 앉아 숟가락을 쥐는 방법을 배우게 된다. 인간이 성장하기 위해서는 어머니의 젖으로부터 떠나는 허전하고 외롭고 배신 같은 고통을 겪지 않으면 안 된다.

또 그다음에는 정신적인 이유기를 넘어서지 않으면 안 된다. 먼저 것과 다른 것은 자진해서 부모의 정신적인 그 젖가슴에서 떠난다는 점이다. 어머니에게서 구하던 사랑은 연인들에의 사랑으로 바뀌어간다. 아버지의 권위와 그 명령은 선생과 친구와 위인전의 책갈피 속으로 옮겨간다. 부모로부터, 가정으로부터 외출을 하기 시작하는 무렵, 그 청춘기의 몸살이 바로 정신의 이유기이다. 아버지에 대한 존경심은 반항감으로 바뀐다. 어머니에 대한 애정은 간섭과 구속으로 느껴지기 시작한다. 아버지는 더 이상 바깥세상으로 우리를 끌어내지 않는다. 신비한 바깥세상, 아버지만이 아는 철길 너머의 딴 세상들은 이미 낡고 뻔하기 짝이 없는 한 폭의 지도地圖처럼 굳어져버린다. 나는 어느 친구가, "오늘 아버지가 돌아가셨습니다"라고 침통한 표정으로 말한 것을 들은 적이 있다. 그는 레스토랑을 가리키면서 "오늘 바로 저기에서 돌아가셨습니다."

그러고는 비프스테이크 이야기를 했다. 그가 시골에서 어린 시절을 보내고 있을 때 아버지는 서울에 다녀올 때마다 역 구내식당에서 양요리洋料理를 먹었다는 것을 자랑스럽게 이야기해주곤 했다. 금단추를 단 식당 보이가 날라다주는 번쩍거리는 은접시의 그 음식들은 이상하게 생긴 숟가락으로 먹어야 한다는 것이었다. 쇠스랑처럼 생긴 포크와 역시 은으로 만든 칼로 고기를 썰어 먹는다는 아버지의 이야기는 꼭 동화책에서 보는 그런 세계의 이야기였다. 날로 먹는 양배추, 송진 냄새가 난다는 서양 간장소스⋯⋯ 그리고 예쁜 화초처럼 생긴 유리그릇에 남양 실과가 나오기도 한다는 것이었다. 기차들이 모여들어 기적을 울리고, 많은 사람들이 구름다리를 지난다는 그 서울역에서 아버지는 칼과 쇠스랑같이 생긴 이상한 숟가락으로 양요리의 고기를 썰고 있다. 아버지는 얼마나 자랑스럽고 별난 사람처럼 보였는가? 시골에 돌아와서도 한 열흘 동안이나 이빨 사이에 낀 고기를 쑤시며, 동네 사람들에게 서울역 양요리 맛을 이야기하시는 아버지의 손을 몰래 만져보기만 해도 그는 전차가 다니고 휘황한 불빛이 움직인다는 서울의 신비를 느끼는 것만 같았다.

그러나 이제 그는 서울에 있고, 서울역 레스토랑에서 자랑스럽게 비프스테이크를 썰던 그 아버지는 거꾸로 시골 농가의 아랫목에서 기침을 하고 있다. 그러한 아버지가 아들을 찾아 오래간만에 다시 서울로 올라온 것이다. 그는 옛날의 그 위대했던 서울역에서 값비싼 비프스테이크를 먹고 시골에 돌아온 후에도 며칠 동안이나 이를 쑤시면서 희한한 양요리 맛을 자랑하던 그 위대했던 아버지의 옛 모습이 그리워졌다. 그래서 그는 고급 레스토랑을 찾아가 가장 연한 비프스테이크를 아버지에게 대접하게 된 것이다. 하지만, 아버지는 그저 묵묵히 쳐다보고만 있을 뿐 자랑스럽게 포크와 나이프를 휘두르지는 않았다. 샐러드와 감자를 조금 드시고는 긴 한숨을 쉬며 일어서더라는 것이다.

　그제서야 비로소 그는 아버지가 얼마나 늙으셨는 가를 깨닫게 되었다. 비프스테이크를 씹을 만한 치아齒牙가 하나도 남아 있지 않을 정도로 늙어버리신 아버지. 그 아버지는 서울역 레스토랑에서 비프스테이크를 썰고 있던 기억 속의 그 신기한 아버지가 아니었다. 어린 시절에 그토록 존경했던 그 아버지는 하나씩 둘씩 빠져가는 아버지의 그 이빨과 함께 죽어가고 있었다. 나는 또 어느 친구가 말하는 것을 들었다.

　"오늘 나의 어머니가 돌아가셨습니다."

　그날은 그의 결혼식이었다. 그는 신부의 손에 결혼반지를 끼워줄 것이다. 부드러운 손, 가장 맑은 바닷물 속에 조용히 가라앉은 상아의 닻과도 같이 그는 그 여인의 손가락을 따라 생명의 내부로 침잠해 들어갈 것이다. 옛날 어머니의 품속에 안겨 깊은 잠결 속으로 가라앉던 그 의식의 세계를 재현할 것이다. 이미 어머니의 가슴은 옛날처럼 부드럽고 풍성하지 않다. 너무나 많은 것을 탄생시켰기 때문이다. 한 젊음에게 내면의 반닫이문을 열어주기에는 그 자물쇠가 너무도 녹이 슬어버렸다.

그는 일어나서 아내의 화장대와 혼수의 장롱 속을 들여다볼 것이다. 많은 비밀 같은 것이 담겨져 있는 서랍 속의 향내를 맡을 것이다. 젊은 아내는 방 속에 그를 가두어둘 줄 아는 마법의 힘을 지니고 있다. 대문 밖으로, 길 너머로, 지구 바깥으로 자꾸 도망쳐 나가려는 한 생명을 조용히 응접실 소파에 착석시키는 끈을 지니고 있다. 옛날 어머니가 그에게 가르쳐주었던 것을 이 새로운 여인은 진솔 치마폭을 펴고 그에게 보여준다.

"그날 어머니가 돌아가셨습니다."

어머니는 저만큼 먼 곳에서 하나씩 둘씩 헤어져가는 옷고름 조각처럼 죽어가고 있었던 것이다. 아버지의 죽음과 어머니의 죽음. 탄생의 고향은 이렇게 바뀌어가면서 다른 것들이 그 빈자리를 채워간다.

그렇지만 우리를 낳아주신 아버지와 어머니가 이 세상을 떠난다 하더라도 우리들의 탄생은 결코 멈추지는 않을 것이다. 우리의 뺨을 부비던 깔끄러운 아버지의 수염이, 오랜 여행에서 돌아온 아버지의 트렁크로부터 생겨난 그 많은 물건들이, 전쟁의 세계, 높은 굴뚝이 솟아 있는 공장의 세계로 변한다. 생존의 그 피부들 속에서 의식의 정충精蟲들은 헤엄치고 있다. 질벅거리는 하수구와 끈적끈적한 모빌이 묻어 있는 기계들의 톱니바퀴, 그렇지 않으면 지폐장을 세는 은행 창구의 축축한 해면 속에, 출근부에, 붉은 그 인주

속에, 새로운 생명을 잉태한 정충들이 꿈틀거리고 있
는 것을 우리는 본다.

아버지처럼 전장과 시장과 공장과 그러한 터전에
서 우리는 바깥으로, 바깥으로 탄생한다. 우리들을 탄
생시키는 그 아버지들은 상품에 대한 소유욕, 전쟁과
같은 투쟁, 공장의 굴뚝이나 사무실의 책상 같은 것들
이다. 그러나, 우리를 낳아주신 어머니는 하나의 음악
이었고, 시詩이고, 언덕 위에 서 있는 교회당의 첨탑
이었다. 우리들의 아버지는 재판정의 판사, 신호등을
흔드는 교통순경, 국경을 지켜주는 병사, 상품을 싣
고 먼 이국으로 떠나는 상선의 수부들로 우리 앞에 나
타난다. 왜 그러한 것들이 이 세상에 있어야 하는가를
조금씩 배워가게 될 때, 우리 인간의 얼굴이나 그 모
습도 수정되고 변형되어 재탄생하게 된다.

그러나, 고아원의 보모, 병원 뜰을 거니는 하얀 옷

을 입은 간호원, 창문 틈으로 새어 나오는 희미한 불빛들, 금테 모자를 쓴 공원의 수위와, 그리고 길가의 벤치들, 이러한 휴식의 모습들은 반달이 속과도 같은 어머니의 세계를 대신해주고 있다. 오색영롱한 모자이크의 천창天窓으로 햇빛이 흘러 들어오는 교회당의 긴 회랑이 어째서 이 도시의 한복판에 서 있는가를 알게 될 때, 우리들의 마음은 어머니의 산실 속에서와 같이 재탄생된다. 외부를 향한 탄생의 의지와 내부로 몰입하는 탄생의 그 의지는 서로 다른 방향으로 뛰어가는 두 필의 말처럼 이 작은 인간의 육신을 찢는다. 그 살점들은 제가끔 다시 새로운 생명의 얼굴을 하고 이 생존의 행장 속에서 고고의 성을 지른다. 그 우수…… 이 세상에 태어날 때의 그 첫소리가 어째서 울음소리로부터 시작되는가를 이해할 수 있을 것 같다. 애들이 분만될 때, 어째서 즐거운 웃음소리를 내지 않고 비통하며, 고통스러우며 분노에 가까운 울음소리를 터뜨리는가를……. 그때만이 아니라 줄곧 우리는 그런 울음소리를 터뜨리면서 새롭게, 그리고 무수히 수백 번 수천 번이나 태어나는 것이다. 기쁨 속에서만은, 비통 속에서만은, 그리고 또 근육이 꿈틀거리는 외적인 피부의 세계만으로는, 육체를 상실한 그 영혼의 세계만으로는, 하나의 생명은 탄생할 수가 없다. 그 상극하는 두 개의 세계가 맞부딪치면서 휘황한 광채를 던지는 순간, 생명은 장미의 모순처럼 그렇게 피어난다.

누가 빗속에서 울고 있다

누군가 2월 17일이라고 말한다. 그러나 당신은 그날에 대하여 아무것도 말하려고 하지 않을 것이다. 신속히 지나가버리는 달력 위의 그 많은 평범한 날들처럼 누구도 그날을 기억하지는 않을 것이다. 그것은 옛날에, 아주 오랜 옛날에 조상의 이름과 함께 잃어버린 우리들 인류의 기념일이다.

이따금 누군가 2월 17일이라고 말한다. 당신은 이웃집에 울리는 초인종 소리를 듣듯 무심히 듣는다. 그러나 가만히 귀를 기울여보면 어두운 심연 속에서 빗방울이 떨어지는 불길한 음향을 들을 수 있을 것이다. 하늘도 땅도 잿빛 구름에 젖어 있다. 나뭇가지 위에, 숲속의 동굴 위에, 거리의 지붕 위에 한숨처럼 지나가는 비바람 소리를 들을 것이다. 깊은 샘들이 터지며 하늘의 창들이 열리는 소리이다.

신神은 이 땅에 창조물을 만든 것을 슬퍼하고 뉘우

치고 또 슬퍼한다. 그러한 신의 한탄과 분노. 그것이 지금 가슴을 지지는 어두운 고통의 빗발 소리로, 혹은 모든 생명을 쓸어버리는 죽음의 빗자루 소리로, 잃어버린 그 기념일이 당신의 나태한 졸음을 깨운다. '노아의 홍수'라고 당신은 말할 것이다.

2월 17일. 모든 생명을 홍수로 씻어버린 최초의 그 빗방울이 떨어지던 날—그러나 누가 다시 그날의 이야기를 하는가? 사과를 깨물다가 무심히 신문 호외를 주워 볼 때, 권력자의 행렬들이 경적을 울리며 아름다운 5월의 창가에 먼지를 일으키고 지나갈 때, 기계(컴퓨터)가 시를 쓰고, 인간이 하수도를 치는 선진국의 어느 화려한 거리를 생각할 때, 흑인 영가를 부를 때, 영화관의 광고 간판을 볼 때, 고장 난 엔진을 갈아 끼우듯, 심장이식에 성공한 의사들이 축배를 들고 라틴어가 섞인 문자로 보고서를 쓰고 있을 때, 억울하다고

억울하다고 말할 때, 어느 맑은 아침 두부 장수가 흔드는 종소리처럼 고딕식 종탑에서 차임벨이 울릴 때, 죄수와 정신병자가 사는 쇠창살 안에서 기침 소리가 울릴 때, 모든 저 기계 소리가 〈솔베이지의 노래〉를 압도하고 압도할 때, 누가 그 심연에서의 부르짖는 소리를 또다시 들을 것이다. 대홍수, 2월 17일의 잃어버린 기념일을 기억하라고 누가 그 심연 속에서 물을 켜며 부르짖는 소리를 들을 것이다.

　비가 백날을 두고 내리고 있을 때 당신은 1년이나 죽음의 바다를 항해해야 할 한 척의 방주를 근심할 것이다. 노아의 방주는 어디에 있는가라고…… 그러나 당신은 슬프게도 수학을 배운 것이다. 자를 들고 노아의 방주를 측량할 수 있는 계산법을 우리는 알고 있다. 그 배는 길이가 5백 큐빗이라고 했다. 너비는 50큐빗이라고 했고, 높이는 30큐빗이라고 했다. 한 큐빗은 그대여! 크게 쳐야 22인치밖에 안 되는 길이다. 값싼 필름이 돌아가는 어느 군청 소재지의 극장만큼도 안 된다. 어떻게 들어갈 수 있으랴.

우리들은 사랑하는 물건을 너무 많이 가지고 있다. 한 쌍의 개와 한 쌍의 비둘기와 말, 돼지, 토끼, 당신의 따스한 옷과 기름진 식탁을 마련하는 데에 쓰일 너무 많은 가축들. 귀여운 사슴과, 그리고 정원의 꽃들……어떻게 그 많은 것들을 데리고 1년 동안이나 빗속에서 젖어야 할 그 방주의 문을 열 것인가? 슬픈 수학이, 냉혹한 수학이 당신을 용서하지 않을 것이다. 철없는 짐승들은 염치없이 새끼들만 낳을 것이다. 좁고 좁은 노아의 방주, 마지막 남은 구제의 땅, 희망의 그 좁은 나라에서는 짐승들에게도 가족계획을 가르쳐야 하는 슬픈 수학이 있다.

당신은 노아의 방주를 믿어서는 안 된다. 신은 멸망의 홍수를 노아에게만 몰래 귓엣말로 가르쳐주었지만, 오늘의 인간들은 누구나 그것을 엿듣고 있다. 텔레비전으로, 신문으로, 방송으로 운명의 날들이 가까이 오고 있음을 엿듣고 있다. 맑게 갠 날에 도끼를 들고 전나무를 찍어 방주를 만들듯이, 사람들은 누구나 노아가 되려고, 노아의 식구가 되려고 아귀다툼을 하고 있다. 당신도 퍼렇게 날이 선 도끼를 들고 전나무 숲으로 가려 하는가? 죽음의 홍수에서 피하기 위해 그 나무를 찍어 하나의 방주를 만들려고 하는가? 노아처럼, 선택된 노아처럼 되고 싶다고 기도를 하는가?

당신에게 말하리라. 방주는 아무 데도 없다고. 노아는 과연 행복한 사람이었더냐고 당신에게 또 물어보리라. 아니다, 나는 묻지 않을 것이다. 노아가 되기보다는 차라리 흙탕물 속에서 죄 많은 이웃들과 함께 끝없이 끝없이 침몰하리라. 당신은 생각해본 일이 있는가? 모든 이웃이, 모든 도시가 탁류 속에 침몰하는 것을, 그것을 노아는 보았었다. 인류의 최후를…… 그들이 어떠한 모습으로 죽어갔는지, 노아는 그것의 목격자였다.

4개월 동안 회색의 비가 내린다. 햇볕도, 하늘도 없는 침울한 회색의 공간을 바라보며 늙은 노아는 무슨 생각을 하고 있었을까? 당신은 그것을 궁금하다고 생각한 적이 있는가? 홀로 살아남았다는 기적의 기쁨 때문에 그는 춤을 추고 있었을까? 그렇다면 그는 의인義人이 아니다. 신에게 선택받을 만한 의인의 가치가 없는 자이다. 어떻게 착한 사람이라면 모든 이웃이 죽어갈 때 차마 춤을 출 수 있었을 것인가. 그는 자기에게 생명의 배를 만들게 한 신의 은총에 감사의 기도를 드리고 있었다고 생각하는가? 그렇다면 그는 의인이 아니다. 죄를 지었을망정 딱하기만 했던 이웃들. 그 이웃들이 침몰하는 것을 그는 목격하였다. 사랑이 무엇인지 알고 있는 사람이라면 비극의 증인으로 선택된 자신의 운명을 도리어 저주해야 한다.

노아의 방주는 가장 우울하고 슬픈 배이다. 노아는 구제받은 행복자가 아니라 인류 가운데 가장 큰 고통을 겪은 불행한 의인이었다. 신이 창조물을 만든 것을 후회하고 있을 때 노아는 그 배가 좁은 것을 한탄하고 있었을 것이다. 그 배를 만든 것을 후회하고 있었을 것이다.

생각해보라. 비는 4개월이나 내리고 있었다. 우수에 가득 찬 비가 아무것도 없는 쓸쓸한 바다 위를 4개월이나 내리고 있었다. 노아는 그 비 오는 날들을 견디고 또 견디는 아픔을 겪어야 했다. 차라리 죽은 자들은, 침몰한 자들은 홍수의 의미를 모른다. 단조한 빗발 속에서 죽어가는 생명의 아픔을 모른다. 목격자의, 증인의 그 고통과 슬픔을 당신은 아는가? 구제는 차라리 형벌보다도 외롭고 쓸쓸한 것. 노아의 방주는 홍수의 밑바닥보다도 더 어둡고 답답한 것. 대체 노아보다도 더 불행한 사람이 이 인류 가운데 누가 있었을까? 노아는 가장 행복한 사람이 아니라 가장 비통하고 슬픈 불행한 인간이었다. 당신은 이 역설을 알 때만이, 노아의 우수와 그 불행의 의미를 알 때만이 비로소 그 작은 배의 빗장을 열 수가 있다. 노아의 방주를 거부하는 자만이 정말 노아의 방주에 들어갈 수 있는 선원이 된다는 것을.

지금 사람들은 혼자 살아남을 수 있는 기적의 배를 꿈꾸고 있다. 이웃들이 모두 침몰할 때 그 불행의 장소에서 혼자 탈출할 수 있는 방주를 설계하고 그들은 전나무를, 푸른 전나무를 찍어서 쓰러뜨린다. 그러기에 비는 내리는 것이고 홍수는 언제고 멎지 않는 것이다. 당신은 이 노아의 역설을 알고 있는가? 방주를 부숴라! 혼자 살아남은 행복의 그 방주를 후회하라! 인류의 불행에서 도망치려는 돈과 권력의 방주를 거부하라! 이것이 우리들의 이웃을 다시는 침몰시키지 않게 하는 영원한 방주를 만드는 길이다.

이제 당신에게 말하리라. 노아의 불행과 아브라함의 수학에 대해서 말하리라. 자기 비단옷이 더 빛나기 위해서는 남들이 넝마를 걸쳐야 한다는 현대의 수학 논리와 아브라함의 태곳적 그 수학은 얼마나 다른 것인가를 당신에게 이야기하자.

소돔과 고모라의 주민들은 신에 대하여 죄를 범하였다. 홍수로 벌하였듯이 신은 불로써 그 마을을 태워 없애려 했다. 착한 아브라함은 누구의 편이었던가? 그는 죄인이 아니다. 그는 항상 신의 곁에 있었고 그는 신의 은총 속에서 찬미를 부를 수 있는 선택받은 자이다. 소돔과 고모라가 불꽃 속에서 사라진다. 그들이 받아야 할 징벌은 아브라함의 것이 아니다. 그들이 받아야 할 그 고통은 아브라함의 고통이 아니다. 소돔과 고모라의 마을은 아브라함이 쉬는 자기 고향이 아니다. 그 불꽃은 결코 아브라함이 누워 있는 방까지 침범하지는 못할 것이다. 그런데도 아브라함은 그것들과 무관하였던가? 그렇지 않다고 당신은 말할 것이다. 그는 자기가 당한 일처럼 아파하였다. 그도 신처럼 죄를 미워할 줄 안다. 그러나 아브라함은 인간의 편, 죄 많은 그 이웃들의 편이었다. 그러기에 그는 신이 소돔과 고모라를 불태우지 않기를 희망했다. 마치 그 죄의 공범자처럼 신의 옷소매를 잡고 만류하려 한다. 그는 신에게 찾아가서 하나의 약속을 받으려 한다. 여기에서 바로 아브라함의 그 수학이 시작된다. 그는 이렇게 말한다.

"주여, 의인을 악인과 함께 멸하시려나이까? 그 성 중에 의인 50명이 있을지라도 주께서 그곳을 멸하시고 그 50명의 의인을 위하여 용서치 아니하시려나이까?"

신은 아브라함의 말을 듣고 소돔에서 의인 50명을 찾으면 멸하지 않겠노라고 약속한다. 그런데 또 아브라함은 말한다.

"50명 의인 중에 다섯 사람이 부족할 것 같으면 그 다섯의 부족함 때문에 온 성을 멸하시겠습니까?"

신은 다시 약속한다. 45명이라도 멸하지 않겠다는 것이다. 아브라함은 약속받은 그 숫자에서 또 다섯을 빼어 40명으로 그 수를 줄여서 간청한다. 신도 또 그렇게 해주겠노라고 약속한다. 당신은 신과 아브라함의 그 거래를 물건값을 에누리하는 슈퍼마켓의 고객들과 같다고 비웃을지 모른다. 그러나 조심스럽게 조금씩 조금씩 에누리해가는 아브라함의 수학은 물건값을 깎는 것과 오히려 정반대라는 것을 깊이 이해해야 한다. 아브라함은 자기 이익을 위한 것이 아니다.

그리고 그는 알고 있다. 인간이 얼마나 약하고 부질없는 존재인가를 잘 알고 있다. 소돔 성에 의인이 열 명도 있을 것 같지 않다는 서글픈 현실을 신보다도 더 잘 알고 있다. 그가 그러기에 소돔 성을 멸하지 않는 조건으로 처음부터 의인의 숫자를 열 명이라고 신에게 내세우지 않고 50명으로부터 시작하여 조금씩 조금씩 그 수를 에누리해 내려가는 아브라함의 독특한 수식 數式에서 우리는 그의 모든 마음을 엿볼 수 있었다. 약하고 어질고, 그리고 현실적이며 교활하기까지 한 아브라함의 그 외로움 휴머니즘을…… 아브라함의 선량함은 곧 그의 연약한 마음이기도 하다. 40명에서 다시 30명으로 에누리를 할 때 아브라함은 이렇게 말한다.

"내 주여, 노하지 마옵시고 말씀하게 하소서. 거기

서 30명을 찾으시면 어찌하시려나이까?"

신에게 자꾸 숫자를 에누리해가는 것을 그는 미안하게 생각한다. 그의 마음은 어린애처럼 약하다. 그러나 송구스럽게 여기면서도 감히 또 말하고자 하는 것은 소돔의 불쌍한 인간, 그의 이웃들을 살려내려는 인간에의 강한 사랑 때문이었다. 아브라함의 이렇게 약하고 동시에 강한 말은 마지막 10명으로까지 내려갈 때 절정에 달한다. 그는 이렇게 말했던 것이다.

"주는 노하지 마옵소서. 내가 이번만 더 말씀할지이다. 거기서 10명을 찾으시면 어찌하시려나이까?"

그는 신과의 약속에서 50명을 10명으로 줄였다. 그러나 아브라함은 수를 더 에누리하고 싶었을 것이다. 소돔에는 단 10명의 의인도 없을 것이라고 그는 생각했는지 모른다. 10명으로 줄이긴 했으나 돌아가는 그의 발걸음은 우수에 차 있었으리라. 아버지의 마음과

도 같다. 그것이 곧 아브라함의 인간애이며, 그 고독
이라는 것을 당신은 알아야 한다.

단 10명의 의인도 없어 소돔의 성엔 불꽃이 올랐다.
그는 불타는 소돔에서 무엇을 보았을까? 홀로 있다는
그 외로움이며 그 고통이었을 것이다. 많은 사람들 가
운데 단 열 사람도 그의 편이 아니었다는 것을 확인했
을 때 아브라함의 외로움은 얼마나 컸을 것인가? 유황
불에 타고 있는 것은, 소돔 성의 사람들, 그 집, 그 나
무, 그 길들이 아니라, 아브라함의 마음이었을 것이다.

잃어버린 기념일을 생각하자. 노아의 고독 속에서
지금 우수의 비가 내리고 있다. 아브라함의 고독 속에
서 우수의 불꽃이 타고 있다. 신과 약속하기보다는 인
간과 약속하고 싶었던 노아와 아브라함……

당신은 또다시 홍수의 시대 속에서 살고 있다. 소

돔을 불사른 유황불의 시대 속에서 살고 있다. 노아와 아브라함이 되고 싶거든 먼저 그들의 우수를 알지 않으면 안 된다. 선택된 인간이 선택받지 못한 사람보다 더 불행하고 외롭다는 것을 알지 않으면 안 된다.

이 창가로 오라. 비 오는 날, 우산을 받듯이 너와 내가 한 우산을 같이 받듯이 비에 젖는 그 마음을 알기 위해서 좀 더 가까운 창가로 오라. 혼자 우산을 받고 가면 비를 피할 수도 있겠지만, 아! 너무 견디기 어렵지 않은가? 축축한 빗방울이 적시는 그 포도鋪道의 길목이 너무 미끄럽고 쓸쓸하지 않은가? 단조한 빗소리가 너무 외롭지 않은가?

같이 젖어야 한다. 좁은 우산을 너와 내가 받는 편이 좋다. 흠씬 젖는 것이 좋다. 그것이야말로 비를 피하는 우리들의 마음이다. 젖는 것이 말이다. 한 우산을 둘이서, 셋이서 함께 받고 가다가 들판에서 비를 맞는 외로운 쥐들처럼 서로 몸에 묻은 빗방울을 털고 있는 것이 비를 피하는 우리들의 어리석은 방주이다.

우리들의 비둘기를 날리자. 어디엔가 굳은 땅이 있다는 소식을, 감람의 어린 새싹을 입에 물고 돌아오는 그 소식을 맞이하기 위해서 비둘기를 날리자. 회색 깃털을 세우고 흩어져가는 저 구름보다도 더 높게, 홍수의 탁류보다도 더 멀리 우리의 비둘기를 날려 보내자.

노아여! 슬픈 노아여! 당신은 보았는가? 비둘기가, 한 마리 비둘기가 감람나무의 엷디엷은 새싹을 물고 돌아와도, 당신들의 이웃은 이미 아무 데도 없었다. 노아여! 슬픈 노아여! 비가 오는 날이면 당신의 목소리를 듣는다. 누가 저 빗속에서 흐느끼고 있음을.

나의 문학적 자서전

나와 나의 친구들이 결코 출석부 같은 것으로

호명되지 않는 책상에 앉기 위해서

진정한 이름을 하나씩 지어주는 모험이

바로 나의 문학인 것이다.

두 개의 생일

나는 한 해의 마지막 달인 12월생이다. 그것도 예수님의 생일이라는 그 크리스마스보다도 늦은 29일에 태어났다. 그러나 내 호적에는 그것이 1월 15일로 되어 있고 태어난 해도 한 해가 늦은 1934년으로 등록되어 있다. 그러므로 모든 문서는 물론이고 죽을 때까지 내 그림자처럼 따라다닐 나의 주민등록번호도 340115로 시작된다.

물론 이 거짓 생일날은 당사자인 내가 책임질 일은 못 된다. 일생에서 가장 중요한 순간이면서도 사람들은 자신이 탄생에 대해서 아무런 발언권이나 선택권도 가지고 있지 않다는 것을 잘 알고 있을 것이다. 오로지 그것은 태어나자마자 두 살을 한꺼번에 먹고 늙어버려야만 할 나의 운명을 딱하게 생각하신 아버지의 부성애 때문이다.

어찌 되었던 간에 나는 이 때문에 가끔 뜻하지 않은

날 생일 카드를 받고 놀라는 일이 많다. 고맙게도 그 것은 사전이나 연감年鑑 같은 것을 뒤적인 끝에 나의 생년월일을 추적해낸 이른바 열성 애독자들이거나 그 렇지 않으면 매상고를 올리기 위해 손님들의 크레디 트카드를 기억시킨 백화점 컴퓨터가 보내 온 것들이 다. 그러나 무슨 동기, 무슨 경로로 온 것이든 이러한 생일 카드를 받을 때마다 나의 얼굴은 붉어지지 않을 수 없다. 단순히 미안하다는 생각이 들어서가 아니다. 호적이 만들어낸 나는 비단 그 잘못된 생일, 주인 없 는 그 생일날만이 아닐 것이라는 생각이 들기 때문이 다. 더구나 사람들은 여기에 이렇게 숨 쉬고 있는 나 보다도 문서 속에 찍힌 나를 더 믿고 인정한다. 호적 속의 나는 원래의 나를 제쳐놓고 아랫목에 앉는다.

호적 속의 나는 엉뚱한 생일 카드를 받고 축복을 받 기도 하지만 또 그와는 반대로 이상한 소문이나 욕을 받게 되는 수도 있다. 축하든 욕이든 나는 그럴 때마다 속으로 변명을 한다.

"믿지 마시오. 남의 호적이든 자기 호적이든 등록되어 있는 것들을 믿지 마시오. 나나 당신이나 무엇에 등록되는 순간 벌써 우리는 위조되고 마는 것이오."

그러나 그것이 얼마나 무력한 변명인가를 곧 알아차리고 절망해버린다. 우선 호적의 언어를 통해서 나를 알고 있는 사람들은 거의 전부가 익명적인 존재이기 때문에 일일이 그들을 찾아내어 나의 정체를 보여줄 수도 없고 또 그렇게 한다 쳐도 바쁜 그들이 나의 진짜 생일을 마음속에 새겨둘 일도 만무한 것이다.

가령 누구와 초면에 인사를 나눌 때 이런 말을 듣는 경우가 많다. "사진에서 뵙던 것과는 아주 다르십니다." 그 사람은 1월 15일이 내 생일날이라고 믿고 있는 사람들 중의 하나이며 나를 만나기 전까지는 그들의 고백대로 사진 속의 내 얼굴을 진짜 내 얼굴로 믿고 있었던 사람들이다. 주인 없는 생일처럼 이번에는 주인 없는 얼굴 하나가 어디엔가 물방울처럼 생겨나 군중 속을 멋대로 떠다니다가 어떤 판에 찍혀버리고 만다. 이러한 얼굴들에 대하여 나는 속수무책일 수밖에 없다.

이런 일들은 내가 어느 시골 면사무소의 호적부에 먹글씨로 기재되는 그 순간에서부터 시작된 일이고 그때부터 호적에 의해 탄생된 나는 실재 어머니의 태에서 태어나 강보에 싸여 있던 나와 끝없는 불화와 끈적끈적한 싸움을 계속하게 된 것이다. 생명의 육체 속에 깊이 각인되어 있는 나의 옆에는 호적이 종이, 그 서류철 속에 낙인처럼 찍혀 있는 내가 있다. 우리는 이렇게 각기 다른 장소, 분만대와 호적부 위에서 태어나 줄곧 두 개의 다른 지평 속에서 살아가게 마련인 것이다. 그리고 나이를 먹어갈수록 호적 속의 나는 강보에 싸여 있던 나보다 키가 더 커진다. 우리가 호적으로부터 벗어나 비교적 자유롭게 살 수 있었던 것은 국민학교에 들어가기 이전의 오륙 년 동안이다. "몇 살이니?"라고 어른들이 물을 때 아이들은 그냥 재롱을 떨기만 하면 그만이다. 그러나 국민학교에만 들어가도 나이를 물을 때에는 호적을 떼다 바쳐야만 된다. 나이는 재롱이 아니라 하나의 제도가 된다.

더구나 호적의 나이와 실제의 나이가 다른 나의 경우에는, 그리고 일제 식민지 치하에서 학교에 들어갔던 나의 경우에는 국민학교 이후와 국민학교 이전의 세상은 기원전과 기원후의 두 세기만큼이나 다르다. 학교에 들어가기 전에는 분명 여덟 살이었는데 책가방을 들고 교문을 들어서면 일곱 살이 되는 것이다. 동네 골목에서 놀던 나와 동갑내기 친구들이 교실 속에 가 앉으면 갑자기 나보다 한 턱 윗자리에 있는 것이다.

나이만이 아니었다. 이름도 달라진다. 학교에서는 집에서 어머니가 부르시던 그 이름이 아니라 창씨개명을 한 일본 이름으로 호명되었다. 출석부는 호적부와 마찬가지로 나를 다른 이름으로 등록하였고 나는 그 등록된 이름으로 다시 학적부에 오르게 된다. 그러니까 나를 태어나게 한 탯줄의 언어는 자꾸 말라비틀어지고 나의 탄생을 등록시킨 호적의 언어는 자꾸 확산되어 집채처럼 커져간다. 말도 세 살 때 배운 조선말이 아니라 일본말로 바뀐다. 내 진짜 생년월일이 공식적으로 인정받지 못한 것처럼 어머니에게서 배운 조선말은 위조지폐나 다름없는 무허가 언어가 된다. 내가 살고 있는 마을이나 외가가 있는 마을 이름도 학교에서는 다르게 불리어진다. '새말'은 '좌부리'로 '쇠일'은 '신흥리'라고 해야 된다. 아니다. 호적이 지배하는 그 학교에 가면 피까지 달라진다.

족보에 의하면 나는 분명 시조 이공정李公靖 26대 손으로 되어 있는 토종土種 한국인인데도 나는 매일 아침 조회 때마다 동녘을 향해 궁성요배宮城搖拜를 해야만 하는 일본의 황국신민皇國臣民으로 되어 있었던 것이다. 내 족보 속의 할아버지들은 북쪽을 향해 국궁재배를 하셨다는데 학교에 들어간 그 손자들은 동방을 향해 큰절을 하는 것이다. 서로의 호적이 달랐기 때문이다. 옛날 할아버지네들의 호적은 북쪽 임금님이 살고 계신 대궐 아래 있었고 우리가 태어나던 때의 호적은 천황 폐하가 살고 있다는 동쪽 일본 땅에 있었다.

　　그렇다. 학교에 들어가자마자 호적의 언어가 나를 가둔다. 학교에 가기 전에 내가 믿고 있던 영웅들은 노기다이쇼나 나폴레옹이 아니었다. 팽이를 잘 돌리던 만수가, 볏섬을 한 손으로 들어 올리는 방앗간집 김 장사가 나의 영웅이었다. 그러나 호적의 언어로 찍힌 교과서에는 결코 나의 영웅들이 등장하는 일은 없다. 한 번도 본 적이 없고 앞으로도 만날 수 없는 이들이 영웅의 자리를 빼앗고 있는 것이다.

한밤중에 추녀 밑을 뒤져 귀신 곡하게 참새 알을 끄집어내던 나의 영웅들은 통지표에 등록되는 순간 머리를 깎인 삼손처럼 힘을 잃고 만다.

호적의 언어는 까만 흑판을 타고, 출석부와 학적부와 성적이 적힌 통지표를 타고, 기미가요(일본 국가)를 타고. 선생님의 만년필촉을 타고 나를 위조하기 위해 군림한다.

그러나 나는 잘못된 호적의 나이, 호적의 언어에 그냥 모자를 벗고 경례를 하지는 않았다. 호적이 지배하고 있는 언어 옆에는 근지러운 배꼽의 언어, 태를 가르던 그때의 아픔을 간직하고 있는 갓난아이의 울음소리가 있었다. 그 언어는 호적과 학적부와 통지표,

그리고 교과서와 국민선서의 말들과 싸우고 있었다.

싸우고 있었다. 배꼽의 언어들은 철봉대가 있는 교정을 가로질러 닭벼슬처럼 붉게 타오르는 촉계화蜀葵化의 꽃잎 속에 있었고 수양버들을 흔드는 바람 사이에 있었다. 나의 말은 일본말도 한국말도 아닌 참새소리 속에서 지저귀고 있었고 몇 번이고 얼었다가는 풀리고 얼었다가는 풀리던 그 파란 강물 속에서 미역을 감고 있었다.

호적의 언어가 나를 삼켜버리려고 할 때 나는 이 배꼽의 언어, 태를 가를 때 울던 최초의 모음母音으로 나의 말을 지켜갔다. 호적부의 언어들과 싸우는 배꼽의 언어, 그것이 나에게 있어서는 바로 문학이었던 셈이다.

문학의 언어는 호적의 나이로부터 내 진짜 나이를 지켜주었다. 공문서의 철인鐵印들이 내 정수리에 와

찍힐 때 재빨리 그것은 나를 바람이 되게 하였다.

그렇다. 나의 문학은 이렇게 내 실제 나이가 호적과 다르다는 데서부터 시작된다. 내 위조된 출생월일을 상석에 모셔놓은 면사무소와 학교, 은행과 병영, 그리고 높은 담으로 둘러쳐져 있는 법원이나 입법자들이 모이는 회의장, 여기에서 살아남은 작은 무허가 움막 집이 나의 문학이다. 이 공공건물에 낙서를 하는 것이 나의 문학이다. 공문서를 소각하는 이 범법 행위—그래서 나와 나의 친구들이 결코 출석부 같은 것으로 호명되지 않는 책상에 앉기 위해서 진정한 이름을 하나씩 지어주는 모험이 바로 나의 문학인 것이다.

모든 서류에 잘못 찍힌 나의 탄생을 바로잡기 위해서 나에게는 탯줄의 언어가 필요했던 것이다. 내 존재의 탯줄을 지키기 위한 전략—그것이 바로 크리스테

바가 말한 "어머니 몸으로서의 언어"였는지 모른다. 말하자면 가부장적인 호적의 언어와 역행하는 신생아의 울음, 그리고 그다음에 오는 갓난아이의 미소들.

그 언어로 매일 아침마다 황국신민이라고 외우던 국민선서 속에서 시들어 죽어가던 나의 촉계화의 붉은 닭벼슬을 가꾸어간다. 그리고 창씨개명으로 나의 이름을 훔쳐 간 출석부의 검은 음모를 몰아내기 위해 굿을 벌인다.

항상 명쾌한 결론을 좋아하는 사람을 위하여 다시 되풀이하자면 호적의 나이와 실제의 나이가 일치하지 않은 이 상징적인 조건이 나의 문학적 출발점이 되었다는 점이다. 욕이든 칭찬이든 잘못 위조되어가는 나에 대해서 무엇인가 정당방위를 하는 방법은 문학뿐이었던 것이다. 인간의 존재를 왜곡하는 모든 것과 싸우기 위해서는 내가 태어나 아직 호적에 오르지 않았던 여드레 동안의 순수한 생의 성채가 있어야만 했던 것이다.

이 같은 유아 체험이 존재론적인 것으로 탐색된 것이 어렸을 때의 이미지를 탐색한 글들이고, 그것을 사회·집단적인 면에서 탐구한 것이 한국인론들이다.

나의 어떤 글 속에도 이 두 가지의 것이 핵을 이루고 있다. 그러므로 나의 문학론이라는 것도 나의 자서전이라는 것도 국민학교 문턱에도 가지 않았던 그때의 이야기 속에서 맴돌고 있다 해도 그것은 지극히 당연한 일일 것이다.

등불을 끄고 난 다음

나는 잠이 없는 아이였다. 어렸을 때 내가 제일 싫어했던 말은 이빨을 닦으라는 말도 공부하라는 말도 아니었다. 그것은 불 끄고 그만 자라는 어른들의 말이었다. 초저녁에 짖던 개 소리도 들려오지 않으면 숨 막히는 끈끈한 어둠이 방문마다 빗장을 잠근다. 내가 밤마다 의지해왔던 것은 그 어둠을 필사적으로 밀어내고 있는 등불이었다. 정확하게 말하면 남폿불(램프)이었다. 바람도 없는데 남폿불은 언제나 곧 꺼질듯이 너울거렸고 그럴 때마다 방 안에 숨어 있던 그림자들이 거대한 나비가 되어 천장을 덮었다.

식구들이 하나씩 하나씩 잠들어갈 때마다 나는 마음을 졸였고, 급기야는 나 혼자 남겨두고 마지막에 잠들어버리는 사람이 이제 그만 불 끄고 자라는 말을 하게 되면 나는 무슨 선고를 받는 거였다.

남폿불이 꺼지고 나면 완전히 나 혼자 어둠 속에 남

아 석유의 글음 냄새를 맡는다. 그것은 어둠의 가장 깊은 밑바닥에서 풀려 나오는 냄새이고 외로움에 제대로 다 타지 못한 냄새이다.

나에게 있어 밤은 늘 불완전연소의 그 검은 그을음이었다. 그것도 그냥 그을음이 아니라 유난히도 질이 나쁜 석유가 내뿜는 그을음이었다.

밤과 타협을 하고 이 새까만 그을음 속에서 코를 고는 사람들이 밉고 섭섭하였다. 나를 꼭 허허벌판에 내던지고 자기네들끼리 집으로 돌아간 것 같은 서운함이었다.

나는 매일 밤 등불을 끄고 그을음을 맡고 자는 사람들을 섭섭해하고—이런 일을 하나의 의식儀式처럼 되풀이했다.

그러나 지금 생각해보면 그때의 무섭고 외로웠던 밤들이 내 문학의 깊은 우물물이 되었다는 것을 깨달게 된다. 내가 무엇인가를 보고 듣고 냄새 맡을 수 있었던 것은 남폿불을 끄고 난 뒤의 일이었고 "그만 불끄고 자라!"는 선고 뒤에 오는 정적의 언어들이었다.

일식日蝕이 있었던 날 우리들은 해를 보기 위해 깨어진 유리 조각을 주워 와서는 석유 등잔불에 태워 그을음을 묻혔다. 이 깜깜한 그을음만이 해를 볼 수 있게 한다는 거였다. 그을음을 가득 묻힌 유리 조각을 눈에 대고 하늘을 보면 정말 해가 빨간 단추처럼 동그랗게 보였고 그것이 조금씩 좀먹혀들어가는 것이 보였다.

나는 오래전부터 밤의 그을음을 통해 그런 체험을 하고 있었던 것이다. 나의 태양, 죽어가고 있는 내 태양의 일식을 구경하고 있었다. 밤마다 불을 끄고 난 다음 유리 조각 같은 어둠 너머로 석유 냄새를 맡으면서…….

낮에 보이지 않던 것이 밤 속에서는 금단추처럼 보

인다. 밤새도록 어디에선가 물이 새어 흐르는 소리를 들듯이 예민한 날에는 시간이 지나가는 소리조차 들을 수가 있었다. 내가 유진 오닐의 희곡을 처음 읽고 감동을 했을 때에도 이 불면의 밤에 맡았던 남폿불의 그을음 냄새가 났었다. 그리고 그 아픈 낱말들이 작은 일식처럼 어둠 속에서 앓고 있는 것을 보았다.

만약 내가 잠이 많은 아이였다면 마지막에 등불을 끄는 아이가 아니었다면 아마 지금쯤 나는 어느 당인 가 전국구 의원 후보가 되어 내 차례가 되기를 고대하고 있거나 혹은 어느 수출회사 판매사원이 되어 노스웨스트를 타고 태평양의 일부변경선을 건너고 있었을는지도 모른다.

그러나 잠 못 드는 아이에게도 더러는 깊고 편한 잠을 자는 밤이 있다. 밤을 새워 무슨 잔치를 하거나 제사 같은 것을 치르게 되는 밤이 그랬다. 누구도 일찍

자란 말도 하지 않고 어서 등불을 끄라고도 하지 않는다. 마당에는 파란 간드레 불이 켜지고, 부엌에서는 밤새도록 도마를 두드리는 소리와 여자들의 웃음소리가 들려온다. 얼마나 편한 잠을 잘 수 있었던가. 남들이 깨어 있었으므로 밤은 감히 나를 침범하지 못한다. 잔치가 있는 밤이면 일식처럼 조금씩 어둠에 먹혀들어가다가 그을음 냄새를 남기고 죽어가던 그 남폿불도 오래도록 꺼지지 않는다. 아침 해가 그 불을 지워버릴 때까지 행복하게 타오른다.

나의 문학은 밤이었다. 혼자 깨어 있는 밤이었다. 나의 문학은 남폿불이었고 "어서 불 끄고 자라!"는 말 끝에 묻어오는 그을음 냄새였고 어디에선가 밤새도록 새어 나오는 물소리였다. 배신자들처럼 나보다 먼저 잠드는 식구들에 대한 원망이었지만 더러는 행복한 밤잔치이기도 했다. 나의 문학의 어느 갈피에선가는 도마를 두드리다가 갑자기 웃음소리가 터져 나오는 여인의 목소리가 있다.

지금도 그 밤들이 유리를 깨어 조각을 만든다. 석유 등잔에다 까맣게 그을린 그 유리 조각을 들고 나는 지금도 이따금 그을음 냄새가 나는 빨간 일식을 구경한다.

땅파기

어른들의 말을 들어보면 나는 언제나 장난이 심한 아이였다고 한다. 또 어떤 사람은 내가 심술을 잘 부리는 아이였고 싸움을 많이 해 얼굴에 손톱으로 할퀴어진 생채기가 아물 날이 없었다고 한다. 어른들의 말이었으니까 그것은 거짓이 아니었을 것이다.

그러나 나의 기억으로는 누구와 장난을 하며 즐거워했거나 싸움을 하며 노여워했던 기억보다는 언제나 심심해서, 미칠 것처럼 심심해서 혼자 쇠꼬챙이를 들고 뒷마당을 후비고 다녔던 생각밖에는 잘 나지 않는다.

어른들은 마당을 파고 다니던 나를 누구도 눈여겨보지 않았거나 이상하게 생각한 적이 없었나보다. 나는 내 얼굴에 생채기를 내면서까지 싸워야 했던 것이 대체 무엇이었던가를 궁금해한 적은 없다. 하지만 그때 뒷마당에서 무엇을 파내고 그렇게 좋아했는지 알고 싶어지는 때가 많다.

사실은 알 것도 없이 뻔한 일이다. 뒷마당에서 그것도 한 뼘의 쇠꼬챙이로 파낸 것이면 묻지 않아도 알 일이다. 사금파리가 아니면 무슨 곱돌 같은 돌멩이었을 것이다. 그러나 나는 그때 내가 파낸 것이 단순한 사금파리였다고는 생각지 않는다. 고분을 발굴해낸 사람과도 같은 흥분, 그리고 깊은 땅속에서 보석을 캔 사람과도 같은 희열이 있었으니까 그것은 분명 땅 위에서는 찾아볼 수 없는 값진 물건이었을 것이다.

눈에 보이는 세계에 대해서 무엇인가 싫증이나 불만을 느낄 때 사람들은 땅속을 들여다보려고 한다. 땅을 판다는 것은 곧 땅속을 바라보는 행위이다. 호미나 삽, 그리고 곡괭이는 지하를 꿰뚫어 보는 작은 눈들인 것이다. 나무와 지붕 또 지붕 위에 있는 산, 언제 보아도 같은 방향으로 뻗어 있는 길, 언제나 같은 나뭇가지에 와서 앉는 새 이런 것들만을 바라보고 지내는 사람들은 땅을 파보려고 하지는 않을 것이다.

눈에 보이는 것들은 이미 소유해버린 것이다. 밖으로 노출되어 있는 것은 보지 않으려고 해도 습관처럼 저절로 보인다. 그래서 인간이 진정으로 무엇을 보려고 할 때에는 누구나 그 손에 곡괭이를 들지 않으면 안 된다.

그러므로 '본다'는 말은 '캔다'는 말이다. '본다'는 말은 곧 '판다掘'는 말과 동의어인 것이다. 땅을 판다는 것은 가시적인 것에서 불가시적不可視的인 것으로 고개를 돌리려는 의지이다. 그것은 한 세계의 차원을 바꾸는 운명의 결단이다.

쇠꼬챙이를 들고 흙 속에 묻혀 있던 것을 뒤지던 그 날이야말로 내 마음속에 처음으로 '정신精神의 지질학地質學'이 눈을 뜨던 순간이었을 것이다.

나만의 일은 아닐 것이다. 겉으로 보이는 것들에 싫증을 느끼고 심심해하는 아이들은 누구나 땅을 파며 이 정신의 지질학을 배울 것이다. 어른들은 내가 예쁜 양옥집 저금통을 깨뜨렸을 때 그 속에 들어 있는 동전을 꺼내고 싶어서 그러는 줄로만 알았고 야단을 쳤던 것 같다. 그러나 무엇 때문에 반세기나 지난 옛날 일을 놓고 이제 와서 변명을 할 필요가 있을 것인가. 결단코 그랬던 것이 아니다. 저금통을 깨뜨린 것은 눈에 보이지 않는 그 양옥집의 내부를 보고 싶었기 때문이다. '땅속을 본다'는 말이 곧 '땅을 판다'는 말과 같은 뜻이듯이 '저금통을 깨뜨린다'는 말은 바로 '저금통의 내부를 본다'는 말이 되는 것이다. 그것은 땅파기 장난이나 근본적으로 다를 것이 없다. 그러나 정신의 지질학이 무엇인지 모르는 사람들에게는 돈을 꺼내 쓰는 낭비로밖에는 보이지 않았을 것이다. 그 증거로 나는 저금통만이 아니라 부숴봤자 솜이나 용수철밖에 나올 것이 없는 장난감이나 인형을 곧잘 부수고 야단을 맞은 일이 많았다.

글을 읽기 시작하면서부터, 이 정신의 지질학은 『보물섬』이나 『황금벌레』 같은 소설을 탐독하는 독서 행위로 나타난다. 왜냐하면 그 보물들은 예외 없이 땅속이나 동굴 깊숙한 곳에 묻혀 있기 때문이다. 스티븐슨이나 포가 가르쳐준 것은 좀 더 복잡한 땅파기였다. 여섯 살 때 내 손에 들려 있던 그 꼬챙이는 비밀지도나 암호를 풀어내는 신비한 지혜와 상상력의 요술지팡이로 바뀌어가고 있었던 것이다.

나에게 있어 책 읽기는 어렸을 때의 땅파기와 동일한 것이었다. 그것은 다같이 생의 표층이 아니라 심층을 보려는 의지였다.

이 정신의 지질학은 읽기만이 아니라 쓰기에서도

똑같은 양상으로 나타난다. 내가 이 세상에서 최초로 쓴 작품은 「연鳶」이라는 동화였다. 겨우 쓰기를 배우고 얼마 안 되었을 때이니까 국민학교 이, 삼 학년이라고 기억된다. 종이가 귀할 때여서 누이의 헌 습자책 뒷장 여백에 삽화까지 그려가면서 몽당연필로 쓴 그 동화는 유치하기 짝이 없는 것이었다. 하지만 꼬챙이가 연필로 바뀐 땅파기였다는 점에서 그것은 나의 운명에 동그라미를 달아놓은 처녀작이었다고 할 수 있다.

"아이는 연을 날리고 싶어 한다. 그러나 가난한 홀어머니 밑에서 가난하게 살아가는 그 아이에게는 종이도 실도 대나무도 없다. 어머니는 불쌍한 아이를 위해 영창문을 뜯어서 연을 만들고 자기 양말을 풀어 연실을 만들어준다. 그래서 아이는 신나게 연을 날리게 되었지만 회오리바람이 불어 그만 연실이 끊기고 만다. 아이는 영창도 없는 방에서 양말도 신지 않고 떨고 있을 어머니를 생각하면서 연을 놓쳐서는 안 된다고 다짐을 한다. 날아가는 연을 뒤쫓아 달려간다. 강을 건너고 산을 넘어간다. 눈 속을 헤치면서 한 번도 가본 적이 없는 이상한 산골짜기로 들어가자 연이 떨어진다. 아이는 연이 떨어진 자리를 찾으려고 눈구덩이를 파헤친다. 그런데 연이 떨어진 자리에는 구멍이 뚫려 있었고 그 안을 들여다보니 황금이 가득 들어 있었다."

효도를 하는 착한 아이가 행운을 차지했다는 흔해빠진 주제였지만 이 창작동화를 내가 아직도 기억하고 있는 것은 그 유치한 이야기에도 땅파기의 주제가 숨어 있기 때문이다. 황금은 빛이 있는 것이지만 그 빛은 언제나 눈에 보이지 않는 어느 심층 땅속이거나 궤짝 속에 묻혀 있어야 하는 빛이다. 만약에 황금이 나뭇가지에서 열리는 열매였다면 아무리 같은 원소, 같은 빛을 하고 있어도 이미 황금이라고는 할 수 없을 것이다. 황금은 캐내었을 때만이 황금이 된다.

대학에 들어가고 비평에 눈을 뜨는 순간에도 나는 여전히 여섯 살 난 아이 그대로 사람들이 잘 오지 않는 뒤꼍 마당을 파고 다녔다. 그 호젓한 뒤꼍 마당은 대학 강의실이 아니라 도서관이었다. 나는 거기에서 프로이트를 배우고 프로스트를 읽었다. 그들은 생의 표층이 아니라 저 땅속의 심층, 무의식을 뒤지는 갱부들이었다.

그렇다. 예술의 진정한 가치는 땅속에 묻혀 있다. 비평의 위대함은 바로, 그 불가시적인, 그리고 숨겨진 구조를 파내는 곡괭이를 가지고 있기 때문이다.

내가 은유의 문장을 좋아하는 것도 그것의 의미가

항상 문장의 심층 속에 묻혀 있기 때문이다. 그것들은 지층과도 같은 여러 층위의 의미를 가지고 있으며 그 켜마다 각기 다른 비밀스러운 화석을 숨겨두고 있다.

땅파기– 그것이 나의 모든 문학적 동기가 된다. 그 것은 바로 나의 창작적 형식이고 수사학修辭學이다.

그리고 그것이 나의 비평 방법이 된다. 표층적 의미 보다는 항상 심층적인 곳에 있는 의미, 매몰되고 숨겨 지고 이유없이 나에게 암호를 던지는 것들, 이런 불가 시의 세계가 있기 때문에 나는 비평 작업을 계속할 수 가 있다. 소모될 대로 소모된 외계의 풍경과는 달리 그것들은 어둠 속에서 갑자기 나를 습격한다. 예상치 않던 견고한 광맥의 한 덩어리가 폭력처럼 내 사고의 곡괭이와 부딪쳐 섬광을 일으킬 때 나는 여섯 살 난 아이처럼 볼을 붉힌다. 그래서 미치게 심심하던 날의 그 땅파기를 멈추지 않고 되풀이한다.

외갓집 여행

여행에 대해서 이야기하자. 왜냐하면 김삿갓이 아니더라도 시인은 근본적으로 나그네와 구별될 수가 없다. 만약에 나에게 무슨 시인적인 기질이나 감성이 눈곱만큼이라도 있었다면 그것 역시 나의 여행에서 비롯된 것이라고 말할 수 있다. 이렇게 말하면 사람들은 벌써부터 스위스의 그림엽서와 같은 이야기를 기대할는지 모른다. 그러나 나의 문학에 깊은 영향을 끼친 여행이란 바로 어렸을 때 어머니를 따라다닌 외갓집 나들이인 것이다.

외갓집이라야 자동차나 기차를 타고 갈 만큼 먼 곳에 있는 것도 아니었다. 들판으로 난 신작로를 따라 산골로 한 십 리쯤 더 들어가면 거기에 나의 외갓집이 있다. 그러나 이렇게 가까워도 나에게 있어 장승이 서 있는 성황당 고개를 넘어야 하고 또 어쩌다 장마라도 지면 발을 벗고 작은 개울을 건너야 하는 그 외갓집

길은 이역異域으로 가는 멀고 후미진 길이었다.

그것은 아무리 애써도 결코 기하학적으로는 설명될 수 없는 거리이다.

거기에 가면 우리 집에 없는 것들만 보이게 된다. 내가 처음으로 탱자 열매를 본 것도 외갓집에 가서였다. 나의 상상에 의할 것 같으면 그 노란 탱자는 외갓집 채마밭 울타리에서만 열리는 열매들이었다. 외할머니가 이 세상에서 딱 한 분이듯이 탱자나무 열매들도 외갓집에만 있는 열매다.

그렇다. 어머니가 돌아가시고 이따금씩 외갓집이 그리워질 때 눈을 감으면 노랗고 동그란 탱자들이 보였다.

탱자라면 그래도 또 모르겠다. 그 흔한 감나무도 나에게는 외갓집 나무로 생각되었던 것이다. 빨갛게 익은 연시감을 보면 틀림없이 외갓집 돌담이 나타나고 할머니의 기침 소리가 들려온다.

외갓집에 있는 것은 모두가 병풍의 그림처럼 조금씩 사그러져가고 낡아지고 예스러워 보였다. 뒤꼍에 잡초들이 많아서만은 아니었다. 대청마루도 밟으면 삐거덕거리는 소리가 났고 언제 가봐도 누각樓閣 분합문分閤門은 굳게 닫혀 있는 채였다. 외가 식구들은 모두 서울 살림들을 하고 외할머니가 이 시골집을 혼자 지키다시피 하고 있었다는 그런 산문적인 이유에서가 아니었다.

심지어 벽에 걸린 괘종시계까지도 외갓집 것은 이상해 보였다. 자판에는 용, 닭, 호랑이, 뱀과 같은 십이간지干支의 짐승들이 동그란 둘레로 그려져 있고 이따금 깊은 우물물에서 두레박을 들어 올리는 것 같은 텅 빈 종소리가 들려왔다.

어떻게 다 그것을 말로 설명을 하랴. 옛날에 높은 벼

226

슬을 지내셨다는 외가의 어느 할아버지 무덤에 놓일 것이라던가, 뒤꼍의 빈터를 지나면 화강석 묘석들이 있었다. 그 석물石物에는 양 모양을 하고 있는 것도 있어서 나는 그 잔등 위에 올라타고 놀기도 했다. 그것은 이 세상 것들이라고는 믿기지 않는 것들이다.

아! 이 부질없는 묘사를 그만두자. 그것들은 외가에 가야만 있는 것이 아니라 그와 똑같은 느낌을 주는 것들이 어머니의 깊은 반닫이 속에서도 있었으니까. 색실로 수놓은 조바위라든가 장도칼이라든가, 어쨌든 이 세상에서는 잘 안 쓰는 것들, 외가의 긴 돌담이나 일각대문一角大門처럼 조금씩 무너져가는 엄숙하고도 슬픈 것들이 어머니의 비녀 속에서도 있었다.

대체로 나의 외가 순례는 빨간 저녁노을이 질 때 끝나게 되는 수가 많다. 까마귀가 날아가고 굴뚝에서는 안개와 같은 가는 연기들이 오른다. 더 어두워지면 수상하게 큰 달이 검은 덤불 위로 문득 나타나리라. 그래서 외갓집에서 돌아오는 마음은 늘 조급하고 걸음은 늘 바쁘다.

외갓집에서 본 것들—탱자며 감이며 이상한 시계 소리며 묘석들이 뒹굴고 있는 그 빈터는 내 어머니의 공간들이다. 어쩌면 그것들은 내가 이 세상에 태어나기 전에 저편 세상에서 본 광경들이었을지도 모른다.

외갓집으로 가는 여행. 그것은 가부장적家父長的인 사회로부터 곧장 수천 년을 건너뛰어 모계사회母系社會의 옛날로 들어가는 피의 여행이라고나 할까. 분명히 그것은 현실 속에서 내가 갖고 있지 않은 것이거나 혹은 잃어버린 것을 들여다보는 공간이었다. 낙원보다도 이상하게 생긴 곳으로 향하는 길이다. 그렇다. 그것은 이방의 어느 나라보다도 멀고 먼 공간이다. 그 여행으로 얻은 공간 체험이 있었기 때문에 나의 문학은 어머니의 땅에서 탱자처럼 자랄 수 있었던 것이다. 노랗게 노랗게, 그리고 동글게 동글게 나의 언어들이 울타리를 만들어간다.

어머니를 위한 여섯 가지 은유

초판 1쇄 발행　2010년 11월 12일
개정판 1쇄 인쇄　2022년 05월 02일
개정판 1쇄 발행　2022년 05월 16일

지은이　이어령
펴낸이　정중모
펴낸곳　도서출판 열림원

출판등록　1980년 5월 19일(제406-2000-000204호)
주소　경기도 파주시 회동길 152
전화　031-955-0700
팩스　031-955-0661　　　　**페이스북**　/yolimwon
홈페이지　www.yolimwon.com　　**트위터**　@yolimwon
이메일　editor@yolimwon.com　　**인스타그램**　@yolimwon

주간　김현정　　　　　　　**마케팅·홍보**　김선규 최가인
편집　조혜영 황우정 최연서　**온라인사업**　서명희
디자인　강희철　　　　　　　**제작 관리**　윤준수 이원희 고은정 원보람

ISBN 979-11-7040-093-6 03810